# 행복의 가격

# 행복의 가격

가쿠타 미쓰요

시와서

# 차례


런치 977엔 7

교통카드 5000엔 + 카드지갑 4500엔 17

밸런타인데이 초콜릿 3000엔 23

전자사전 24000엔 32

건강검진 0엔 38

게 코스 요리 5820엔 43

매끌매끌 보습 크림 4500엔 50

커피 2.80NZD + 먀누아 8NZD 57

이상적인 현금 4만 엔 67

서서 먹는 소바 390엔 76

가방 59000엔 83

공백 330엔 90

상상력 1000엔 100

휴대폰 26000엔 107

알약 1500엔 113

항공권 취소 수수료 3만 엔 124

냉장고 136000엔 132

송이버섯 4800엔 140

라멘 680엔 147

크리스마스 후의 물욕 35000엔 154

참치된장덮밥 정식 400엔 161

기억 9800엔 × 2 170

어느 하루 (예를 들면 1995년 11월 9일) 5964엔 186

소파 테이블 30만 엔 남짓 196

작가 후기 203

## 런치 977엔

7시 반에 일어나 우유를 마시고 작업실로 간다. 그리고 8시부터 일을 시작한다. 이것이 내 하루 일과다. 일이 끝나는 시간은 정확히 오후 5시. 일주일에 세 번은 운동하러 가기 때문에 오후 3시 반에 일을 끝낸다. 참고로 주말은 휴일. 잔업, 휴일 근무, 일절 없다.

직업이 사람들에게 주는 이미지는 선명하다. 발레리나는 케이크를 마구 퍼먹지는 않을 것 같고, 교사는 매사에 진지할 것 같다. 스모 선수는 어마어마하게 먹어댈 것 같고, 디자이너는 왠지 집도 세련됐을 것 같다. 나는 내가 작가라서 작가라는 직업에 대한 이미지 같은 건 없지만, 세상 사람들의 반응을 보면 그게 어떤 건지는 알 수 있다.

점심때쯤 일어나서 밤새도록 일하다가 아침이 돼서야 잠이 든다거나, 어떨 때는 몇 시간이고 쉬지 않고 글을 쓰다가 며칠씩 몰아서 잠을 잔다거나, 이런 것들이 사람들이 작가에 대해 품고 있는 이미지인 것 같다. 이 작업실을 구할 때도, 밤에 시끄럽게 할 게 뻔하다는 이유로 거절당할 뻔했다. 무슨 이유에서인지는 몰라도 부동산 중개소 주인은 작가나 그 주변 사람들은 밤낮이 뒤바뀐 생활을 한다고 믿고 있었다. 밤이면 편집자들 여럿이서 작업실을 들락날락하고 시끌벅적 떠들어대며 아파트 주민들에게 민폐를 끼칠 거라고 생각한 모양이다. 마치 만화가, 소설가, 마작꾼을 한데 섞어놓은 이미지다.

“작업은 아침 8시부터 오후 5시까지밖에 안 해요” 라고 설명하니, 부동산 중개인은 왠지 김샌다는 듯한 얼굴로 나를 쳐다보더니 결국 방을 빌려주었다.

나 역시 직업에 대한 선입견이 있어서 이러쿵저러쿵 말은 못 하지만, 이 세상에는 케이크를 마구 퍼먹는 발레리나도 있고, 입이 짧은 스모 선수도 있고, 8시에 출근해서 5시에 퇴근하는 잔업 없는 작가 또한 있는 법이다.

공무원 같네요, 라는 말을 자주 듣는다. 관공서에서 일하는 사람들의 근무 체계는 잘 모르지만, 아마 비슷할 것이다. 내 작업 시간에 관공서 근무제를 도입한 건 서른 살 때다. 그전까지는 어느 쪽이냐 하면, 부동산 주인이 생각하는 이미지에 가까운 생활을 했다. 10시가 넘어서야 일어나서 아침 겸 점심을 먹고, TV에서 예능 프로《좋고말고》가 끝나갈 때쯤에야 '아… 일해야 하는데…' 하고 생각은 하면서도 끝까지 다 본다. 겨우겨우 책상머리에 앉아서 멍하니 있다가, 밤이 되면 친구들이 찾아와서 파티를 벌이고, 그러다 하늘이 희끄무레해질 때쯤에야 잠이 든다.

이런 생활을 확 뒤바꾼 건, 서른 살의 결심이라든가 어른의 자각 같은 것 때문이 아니라, 그 무렵 사귀기 시작한 남자친구가 회사원이었기 때문이다. 회사원과 사귈 때는 회사원 같은 생활을 하지 않으면 서로 엇갈리게 된다. 같이 술을 마시지도 못하고, 주말에도 같이 못 논다. 그런 이유로 교제 상대가 근무하는 회사와 동일한 노동 체계를 도입한 것이다. 그래서 그때는 9시부터 5시까지 일하고, 주말에는 쉬었다.

그 회사원과는 헤어졌지만 노동 체계만큼은 남아 있다. 그 후로 쭉 평일 9시부터 5시까지 일하고 있는데, 요즘 들어 일이 늘면서 시간이 부족하다는 생각이 문득 들었다. 하지만 잔업은 싫고, 운동도 그만두고 싶지 않아, 결국 한 시간 앞당겨 8시부터 5시까지 근무하게 된 것이다.

인간은 무슨 일에든 익숙해지고, 익숙해지면 뭐든지 별것 아니다, 라는 생각이 요즘 들어 들기 시작했다.

8시부터 5시까지 일하는 작가가 신기한 모양인지 온갖 질문을 받는다. 예를 들면, 그런 식으로 시간을 딱딱 끊어서 머리 회전을 하는 게 가능한가요? 5시 5분 전에 갑자기 글이 술술 써져서 펜을 멈출 수 없을 때는 없나요? 12시 반에 글이 딱 막혀서 아무것도 떠오르지 않는 경우는요? 아아 쓰기 싫어, 하는 생각이 들 때는 없나요? 날씨가 너무 화창해서 땡땡이치고 소풍 가고 싶을 때는 없나요? 등등.

인간은 익숙해진다. 8시가 되면 나는 묵묵히 키보드를 두드린다. 날씨가 화창하거나 말거나, 쓸 마음이 있거나 없거나, 묵묵히 두드린다. 글이 막히면 다른 작업으로 바꿔서 또 묵묵히 두드린다. 5시 5분 전에는 일을 끝내겠다는 생각밖에 없다. 슬프게도, 업무 종료 벨소리만 고대하는 소심한 사람에게 글이 술술 써지는 일이란 일어나지 않는다.

8시부터 5시까지 일하는 동안, 11시 반부터 12시 반까지는 점심시간이다. 점심시간에는 밥을 먹으러 근처 식당에 간다. 내 작업실 주변에는 큰 회사들이 몇 개 있어서, 식당이나 술집들이 그 직원들을 상대로 런치 메뉴를 판다. 12시에 나가면 가게들이 북적이기 때문에 조금 일찍 11시 반에 점심을 먹으러 간다. 나는 이 30분이 자영업자의 특권이라고 생각한다. 아아, 이 얼마나 보잘것없는 특권이란 말인가.

나는 밥 먹는 걸 좋아한다. 미식가라는 말이 아니라, 그냥 입이 싸구려다.

최근에 깨달은 건데, 나는 거의 하루 종일, 다음 한 끼를 생각하며 시간을 보낸다. 예를 들어 8시에 일을 시작하면, 그때 이미 점심 메뉴를 생각하고 있다. 소설을 쓰면서도 머릿속 한구석에서는 오늘의 기분과 근처 식당에서 제공될 음식이 열심히 왔다 갔다 한다.

'뭔가 면, 면 종류가 먹고 싶어. 국물 없는 면. 그렇다면 파스타지. 해물 파스타보단 차라리 미트 소스 파스타? 아냐, 아냐. 미묘하게 달라. 그럼 야키소바? 걸쭉한 고모쿠 소스를 끼얹은 야키소바? 아니야, 그것도 왠지 좀 아닌데. 뭔가 묵직한 걸 먹고 싶은데 말야….' 그렇게 오전 내~내 생각한다. 그러면 10시 반에는 대충 정해진다. '좋아, 오늘은 거기서 야키소바를 먹어야지. 아아, 빨리 11시 반이 됐으면.'

11시 10분쯤, 그 생각은 뒤집어진다. '아냐, 역시 파스타로 해야겠어. 그 파스타 집, 버섯크림으로 하자. 됐어, 됐어.' 대략 그것이 최종 결정이 된다.

11시 반에 후다닥 작업실을 나와, 머릿속을 온통 버섯크림 파스타 색으로 물들이며 종종걸음으로 상가를 걸어간다. 점찍어 둔 가게가 휴업이거나 만석일 때는, 순간 세상이 무너져 내리는 듯한 절망을 느낀다. 하지만 나의 굶주린 배는 내가 계속 절망에 빠져 있게 내버려두지 않는다. '그럼 처음 계획대로 야키소바 집으로 GO!' 하고 재빨리 노선을 변경한다.

오늘 맨 처음 생각한 메뉴는 인기 대박인 김치볶음밥이었다. 그런데 11시 33분에 가게에 도착해보니 이미 줄이 서 있다. 줄 서는 게 질색인 나는 순간 절망했지만 다시 마음을 고쳐먹고 카레 가게로 향했다.

김치와 카레의 공통점은 매운맛이다. 아아, 내가 매운 음식이 먹고 싶었구나. 나는 식당 의자에 앉으며 문득 깨달았다.

이 가게는 카레의 매운맛을 조절할 수 있다. 매운 음식을 병적으로 좋아하는 나는 전에 이 집에서 최고 레벨의 '극한 매운맛'을 주문한 적이 있다.

"정말로 매운데 괜찮으시겠어요?" 가게 주인이 친절하게 충고했다. 나는 '쳇, 극한 매운맛이 정말로 안 매우면 어쩔 거야?' 하고 속으로 독기를 품으며 "괜찮아요" 하고 대답했다.

그런데, 정~말 매웠다. 다 먹고 나니 한기가 돌았다. 위는 뜨거운데 온몸은 춥고 닭살이 돋았다. 현기증이 나고 힘이 빠져 일어설 수가 없었다. 작업실로 돌아와 잠시 드러누웠다.

공포의 '극한 매운맛'은 그 뒤로 피하고 있다. 오늘은 시금치와 코티지 치즈가 들어간 '꽤 매운맛'이다.

매운 음식에 열광하는 걸 나는 조금 부끄럽게 여긴다. 이유는 잘 모르겠지만 왠지 동네방네 떠벌리지는 못할 것 같다. 작업실 근처에 또 다른 카레 체인점이 있는데 역시 매운맛을 조절할 수 있다. 여기는 매운맛이 열 단계로 나누어져 있다. 내가 즐겨 먹는 건 열 번째 단계, 즉 가장 매운맛인데, 이 가게는 왜 그런지 몰라도 "열 번째요" 하고 주문하면 그냥 그대로 넘어간 적이 없다. "예에? 열 번째요? 열 번째 맞나요?" 하고 거듭 확인하거나, "첫 번째죠? 첫 번째 매운 거죠?" 하고 잘못 알아들을 때도 있고, "치즈 카레 열 번째요" 하고 주문했는데 포크 카레가 나오기도 한다. "열 번째요, 열 번째, 열 번째 매운맛요!" 하고 몇 번을 소리쳤던가. 그때마다 부끄럽다.

카레를 먹고 돌아와서 차를 마시고 12시 반부터 또 작업이다. 일을 시작하자마자 이번에는 저녁 메뉴를 생각한다. '후사코는 일어나서 휴대폰을 쥐었다' 하고 소설의 다음 장면을 쓰면서도, 소설을 쓸 때는 잘 사용하지 않는 머릿속 어딘가에서는, '음… 점심은 카레였으니까 스튜 종류는 됐고. 왠지 고기구이가 먹고 싶네. 그래, 돼지. 돼지고기가 먹고 싶어. 아스파라거스를 말아서 그릴에 바삭하게 구운 걸로 하자. 숙주랑 마늘종 볶음을 곁들이면 어떨까? 우엉이 남아 있으니까 썰어서 조리고…' 그런 생각만 내~내 한다. 5시까지.

내가 집에서 요리하는 건 일주일에 삼사일 정도다. 나머지는 대부분 밖에서 술을 마신다.

일 관계로 사람을 만나 술을 마실 때는 주로 상대방이 장소를 정해주기 때문에 그날 오후는 비교적 마음이 편하다. 뭘 먹을까, 하고 이리저리 고민할 필요가 없기 때문이다. 하지만 아무 생각도 하지 않는가 하면, 꼭 그렇지도 않다. '오늘은 아사가야의 닭꼬치 집이네. 아, 기대된다. 어떤 닭꼬치일까?' 그런 생각은 하지만, 어차피 모르는 집이라서 더 이상 상상이 이어지진 않는다. '어떤 닭꼬치일까' 그 생각만 여덟 번쯤 한 끝에 얌전히 생각을 멈춘다. 그리고 그냥 '후사코는 일어나서 휴대폰을…' 하고 타닥타닥 키보드를 두드릴 뿐이다.

잠잘 때도 나는 먹는 걸 생각한다. '내일 점심은 뭘 먹지? 추우니까 사누키 우동이 좋겠지. 아냐, 그러고 보니 요즘 통 소바를 못 먹었네. 튀김 소바 같은 게 좋겠어. 아, 지금 소바 얘기하니까 영양밥이 생각났어. 역시 제일 먹고 싶은 건 영양밥이야. 좋아, 내일은 가마솥 영양밥을 먹어야지.'

하지만 아침에 일어나면 그 최종 결론은 까맣게 잊은 채, 오전 8시 컴퓨터 앞에 앉자마자, 오늘은 뭘 먹지…

하고 생각하기 시작한다.

8시부터 5시까지는 나에게 노동의 시간이자, 밥을 둘러싼 명상의 시간이기도 하다.

## 교통카드 5000엔 + 카드지갑 4500엔

전철역이 자동 개찰식으로 바뀐 뒤로 나는 카드지갑을 쫘악 펼쳐서 개찰기에 착 갖다 대고 시원시원하게 개찰구를 빠져나가는 사람들을 늘 부러운 눈으로 바라보았다.

나는 정기권과는 인연이 없다. 평일에 매일 오가는 작업실은 걸어서 5분 거리이고, 일주일에 한 번 가는 복싱 센터는 바로 다음 역인데, 하루 운동하러 가는데 정기권을 사는 건 왠지 지나치다.

아아, 쫘악, 착, 나도 이거 한번 해보고 싶다, 그런 생각을 하던 중 우연히 '스이카(Suica) 카드'라는 게 있다는 걸 알았다. 정기권도 있고 선불카드도 있다고 한다. 카드에는 귀여운 펭귄이 그려져 있다. 그럼 나도 '짜악, 착' 할 수 있는 기회가 생기겠구나, 하고 생각은 했지만, 카드시스템을 전혀 몰라 못 사고 있었다.

두뇌 회전이 느린 데다 세상 돌아가는 전반에 대해 소심한 나는 이런 새로운 제품을 내 생활 속에 받아들이려면 꽤나 고생을 한다.

예를 들면 예전에 컴퓨터가 그랬다. 너도나도 컴퓨터를 쓰기 시작하며 신나게 메일을 주고받고, 원고도 메일로 손쉽게 보내는 동안에도, '좋겠다. 하지만 나랑은 평생 인연이 없겠지' 하며 나는 손가락을 입에 문 채 그냥 바라만 보고 있었다.

그러다가 워드프로세서에 문제가 생기는 바람에 드디어 큰맘 먹고 친구를 데리고 가서 컴퓨터를 사긴 했지만, 정체를 알 수 없는 기계로 원고를 써서 출판사에 보낸다는 게 겁이 나 도저히 사용할 수가 없었다. 그래서 결국 예전처럼 빌빌거리는 워드프로세서를 어르고 달래가며 원고를 쓰고, 인쇄를 해서 팩스로 출판사 편집부에 보내기를 꽤 오랫동안 계속했다. 글도 쓰지 않고 원고도 보내지 않는 내 컴퓨터는 친구들과 메일을 주고

받는 데에만 사용되었다. 꽤 비싼 메일 보관함이었던 셈이다.

그러는 동안 "컴퓨터가 있으면 메일로 원고 보내주세요" 하는 편집자들의 요청이 끊이지 않았는데, 그래도 모르는 척했더니 "제가 가르쳐드릴게요. 금방 배울 수 있어요" 하고 나서는 사람까지 생기는 바람에 그만 허둥지둥 배우게 된 것이다.

지금은 대부분의 원고를 메일로 보내고는 있지만, 여전히 뭔가 무섭다. 뭐가 무서운지는 잘 모르겠지만, 아마 그 구조를 잘 모르니까 무서운 것 같다.

스이카 카드도 왠지 무섭다. 발매기 중에 '스이카 카드 충전' 기계가 있는데, 어떻게 사용하는지 몰라 기계 앞에서 우물쭈물하고 있으면, 등 뒤로 긴 줄이 생기고 "어떤 바보 같은 녀석이 이렇게 꾸물대는 거야!" 하고 뒤에서 누가 화를 낼까 봐 무섭다.

그래도 궁금하다. 나도 '쫘악, 착' 한번 해보고 싶다.

스이카 카드 기계를 힐끔힐끔 곁눈질로 쳐다본 지도 거의 1년이 지난 어느 날, 친구가 스이카 카드의 용도를 알기 쉽게 설명해주고 또 어떻게 사는지도 가르쳐주겠다고 했다. 나는 친구를 따라 발매기 앞에 서서 두근두근하는 마음으로, 지폐를 기계 안에다 쏙 집어넣었다.

간단했다. 뭐야, 쉽잖아. 이젠 나도 '좌악, 착' 할 수 있겠네, 하고 흐뭇한 미소를 지었지만, 아직 문제가 남아 있었다. '좌악, 착'을 하려면 카드지갑이 있어야 한다. 물론 카드를 자동 개찰기에 바로 갖다 대도 되지만, 내가 하고 싶었던 건 어디까지나 카드지갑을 좌악 펼쳐서 착 갖다 대는, 바로 그 동작이었던 거다.

나는 첫 스이카 카드로 지하철을 타고 카드지갑을 사러 신주쿠에 갔다.

카드지갑을 가지다니, 십여 년 만이다. 두근두근했다. 카드지갑을 산다, 안 산다, 그것만으로도 삶의 색깔이 달라진다. 카드지갑 없는 인생이란 찾아오는 이 없는 무덤 같은 것이다.

카드지갑은 종류가 엄청 다양했다. 나는 입을 헤벌쭉 벌린 채 하나하나 살펴보았다. 1000엔부터 몇만 엔짜리까지 있다.

'난 어른이니까 어른스러운 거로 해야지.'

몇만 엔짜리에 손이 가다가, '근데 한 달에 몇 번밖에 안 쓰는 카드지갑에 몇만 엔이라니… 바보 아냐?' 하고 가난뱅이 기질이 고개를 치켜들고, 나는 매장을 빙빙 돌아다닌다. 내가 원한 건 '쫘악' 펼쳐지는 타입이었는데, 쫘악 펼쳐지는 것 중에는 예쁜 게 없었다.

고르고 고른 끝에 결국, 4500엔 하는, '쫘악' 펼쳐지지 않는 타입(다시 말해, 접이식이 아닌 것)을 샀다. 됐다, 나도 이제 멋지게 '착' 갖다 댈 수 있어!

스이카 카드를 쓰기 시작하면서부터 느낀 건데, 지하철 요금이란 게 무시할 수 없다는 거다. 복싱 센터를 포함해 시내 나가는 일이 한 달에 몇 번밖에 없는데도, 5000엔을 충전하면 금세 잔액이 바닥난다. 자동 개찰기에 찍힌 '잔액 ○○엔'이라는 표시가 1000엔 가까이 되면, 마치 찬바람이 휭휭 새어드는 단칸방에서 무릎을 꿇고 앉아 있는 것만 같은 기분이 든다. 그러면 또 냉큼 5000엔어치를 채워 넣는다.

희한하게도 금액이 눈에 보이지 않으면 아무렇지 않다가도, 잔액이 얼마라고 일일이 알려주면 울컥 화가 치민다. 부당하게 착취당한 듯한 기분이 든다.

'아니, 얼마 전에 5000엔 넣어줬는데 왜 벌써 없는 거야! 신주쿠에 두 번, 그다음 역에 세 번 간 게 다잖아!'

나는 속으로 욕을 퍼붓는다. 카드 잔액을 줄이고 싶지 않아서 일부러 일회용 승차권을 살 때도 있는데, 그럴 땐 나 자신에게 깊은 의문이 든다. 가벼운 실망과 함께.

하지만 발매기 앞에서 줄을 서지 않고, 카드지갑을 착 갖다 대며 시원시원하게 개찰구를 빠져나갈 때면 여전히 기분이 좋다. 교통카드 5000엔 플러스 카드지갑 4500엔은 나에게 '착' 갖다 대는 기쁨을 주는 가격이다. 비싼지 싼지는 잘 모르겠다.

## 밸런타인데이 초콜릿 3000엔

36년을 살면서 아직 남자에게 초콜릿을 준 적이 없다.

이것이 내 자랑이다. 자랑거리가 될 수 있는지 어떤지는 별개의 문제겠지만.

대학 다닐 때 들었던 동아리에는 한때, 여자가 제비뽑기로 남자들 이름 중에 하나를 뽑아 그 남자에게 초콜릿을 주는 괴상한 풍습이 있었다. 후배였던 나는 그 반강제에 가까운 괴상한 풍습을 따른 적은 있었지만, 나 자신의 의지로 초콜릿을 선물한 적은 단 한 번도 없었다.

남자가 과연 초콜릿을 좋아할까? 일단 이런 의문이 든다. 예를 들자면 나는 전복을 못 먹는다. 몇 번인가 기회가 생겨 도전해봤지만, 끝내 좋아지지는 않았다. 가령, 3월 3일이 '전복 데이'라고 가정해보자. 그날은 남자가 사랑하는 여자에게 전복을 선물하는 것이 관습인 것이다. 하지만 나는 전복 따위는 절대 받고 싶지 않고, 그렇다고 불에 살짝 그을린 참치나 명란 같은 것도 싫다. 누가 만들었는지도 모르는 관습 때문에 "전복, 전복" 하는 모습도 꼴불견이고, 누가 만들었는지도 모르는 관습 때문에 '전복 사줘야 되는데… 사줘야 되는데…' 하며 마음 졸이는 것 또한 한심한 것 같다.

물론 초콜릿을 좋아하는 남자도 있을 것이다. 그렇지만, "초콜릿, 초콜릿" 하는 남자도, "줘야 되는데, 줘야 되는데" 하는 여자도 '전복 데이'와 마찬가지로 좋아 보이지는 않는다. 그런 이유로 나는 밸런타인데이에 맞서 홀로 반기를 들었던 것이다.

그런데 이번 밸런타인데이에는 이런 내가 갑자기 초콜릿을 사고 싶은 기분이 든 거다.

여기에는 몇 가지 이유가 있는 것 같다.

먼저, 초콜릿의 종류가 늘어난 것을 들 수 있다. 내가 어렸을 때는 지금처럼 초콜릿 종류가 다양하지 않았다. 시내 골목골목을 돌아다녔다면 외국산 초콜릿 가게를 볼 수 있었을지도 모르지만, 그 당시 집과 학교만 왔다 갔다 하는 내 생활권 내에는 국산 브랜드밖에 없었던 것으로 기억한다. 백화점에 가더라도 고디바나 맥심 정도밖에 살 수 없지 않았을까.

그런데 요즘은 굳이 시내 골목을 헤매지 않아도, 가까운 백화점에 가면 정말 다양한 초콜릿을 살 수 있다. 데멜이나 장 폴 에방 같은 것 말이다. 또 밸런타인데이가 다가올 때쯤이면 초콜릿 매장들이 들어서는데, 유명 브랜드부터 무명 브랜드까지, 직수입품부터 기간 한정 상품까지 눈이 핑핑 돌아갈 만큼 수많은 매장들이 줄을 잇는다.

1월 중순쯤부터 날아오는 백화점 광고지를 펼치면, 대부분은 초콜릿 매장 광고다. 뭐야, 한심하게… 라는 생각을 할 겨를도 없이 나는 광고지에 빨려 들어갔다. 우와, 유명 파티시에 특별 한정품이잖아! 오호, 이건 벨기에 직수입이네. 어머, 어머, 이 프랑스 초콜릿은 지금 아니면 못 사는 거네.

여러 백화점에서 날아온 초콜릿 광고지의 공격은 딱

히 초콜릿을 좋아하지도 않는 나한테까지 서서히 효과를 나타냈다. 주고 싶다기보다는, 사고 싶다, 먹고 싶다, 라는 식으로 구매욕을 묘하게 부추긴다. 좋아, 올해는 사보자. 나는 속으로 결심했다. 백화점의 상술에 보기 좋게 걸려든 것이다.

처음으로 초콜릿을 사게 된 또 다른 이유로 내 나이를 들 수 있다. 남자한테 초콜릿을 사준다니 말도 안 돼, 이유도 모르고 덩달아 놀아나다니, 자본주의 사회가 말이지... 이런 젊음의 기개 같은 건 이제는 없다. 초콜릿? 얼마든지, 얼마든지. 사랑 고백? 좋아요, 좋아. 그렇게 이것도 저것도 다 좋은 아줌마 기분.

뭐랄까, 내 기분은 밸런타인데이의 감미로운 울림과는 반비례로 부루퉁해지는데, 희한하게도 그럴수록 초콜릿은 더 사고 싶어진다. 1월 말부터 전국을 물들이는 밸런타인데이 무드에 물들어 나도 함께 들썩이고 싶어졌다.

그래서 밸런타인데이 전날, 나는 어느 백화점의 초콜릿 매장에 갔다.

지하 식품 매장에는 친절하게도 '초콜릿 매장은 이쪽입니다' 라는 표지가 곳곳에 붙어 있었다. 그걸 따라 안

쪽으로 들어간 나는 눈이 휘둥그레졌다.

그곳에는 무시무시한 광경이 펼쳐져 있었다. 한쪽 코너가 초콜릿 매장들로 촘촘하게 나누어져 미로 모양이 되어 있었고, 어마어마한 수의 사람들이 그 공간에서 이리 밀리고 저리 밀리며 무리를 이루고 있었다. 전에 TV에서 이런 장면을 본 적 있는 것 같아. 나는 조금 떨어진 곳에 우뚝 서서 생각했다. 그래, 러시아에서 물자가 부족하던 시절의 영상이었어. 또 모스크바에 처음으로 맥도널드가 생겼을 때도 이랬었지. 화장지가 동이 났을 때의 흑백 영상도 아마 이랬던 것 같아. 근데 지금이 어느 시대? 또 여기는 어디?

멍하게 있어봤자 소용없어. 나는 마음을 다잡고 그 혼잡 속으로 돌진했다.

돌진은 했지만 마구 떠밀리기만 하다가 정신을 차려 보니 어느새 맨 처음의 미로 입구로 되돌아와 있었다.

'어머, 어머, 좀 더 정신을 가다듬고 돌격하지 않으면 사지도 못하겠어.'

이 백화점에 출점한 초콜릿 매장의 종류는 실로 어마어마했다. 들어본 적도 없는 브랜드가 줄줄이 늘어서 있다. 당연히 나는 하나하나 질릴 때까지 바라보고, 집어보고, 또 바라보고, 맛도 보면서 가장 희귀한 초콜릿 하나를 고르고 싶었지만, 인간들의 무리는 내가 쇼윈도에 접근하는 것조차 허락하지 않았다. 나는 사람들 머리 틈새로 쇼윈도에 진열된 초콜릿을 힐끔힐끔 바라보았다.

좋아하는 남자에게 초콜릿을 주기 위해 매장에 온 여자들은 온 천하에 투쟁심을 드러낸다. 그리고 그 틈새로 비집고 들어와 초콜릿에 접근하려는 자는 누구도 용납하지 않는다. 발이 밟히고, 어깨가 밀리고, 옆구리가 찔리고, 머리카락이 뜯기고, 어퍼컷을 먹고… 이건 좀 과장이지만, 그래도 이와 흡사한 상황이 펼쳐지고 있다.

투쟁 본능의 그 틈바구니 속에서 나는 내 의지와는 반대 방향으로 해파리처럼 흐느적흐느적 움직이며, 점점 멍해지는 머리로 생각했다. 36년 동안 몰랐었는데, 초콜릿 사는 게 이렇게 힘든 일이구나. 이봐, 이봐, 남자들, 어때? 여자들은 이런 마음가짐으로 초콜릿을 쟁탈하듯 사 온단 말이야. 이게 사랑의 모습이라고. 남자들이여, 그대들은 본 적이 있는가, 이 사랑의 무시무시함을.

나는 여자들의 위대함에 경탄하지 않을 수 없었지만,

혹시나 남자들이 이 '치열한 투쟁'을 목격한다면 무서워서 '초콜릿'의 '초' 자도 못 꺼내는 게 아닐까 하는 생각이 들었다.

나는 비교적 한산한 매장을 골라 두 다리에 힘을 딱 주고 가게 앞에 서서, 마치 박물관에서 귀한 보물이라도 감상하듯 사람들 틈새로 초콜릿을 바라보았다. 초콜릿은 단계별로 가격표가 붙어 있었다. 1000엔, 2000엔, 3000엔, 5000엔. 겨우겨우 매장 앞에 자리를 잡기는 했지만 나는 가격을 보고 또 망설였다. 밸런타인데이용 초콜릿은 얼마가 적당할까? 이 가격은 사랑의 무게에 비례하는 걸까, 아니면 단지 기호일 뿐일까?

나와 내 옆에 서 있는 여자의 틈새로 한 젊은 엄마가 유모차를 밀어붙이며 끼어들더니, 나를 밀치며 외친다.

"이거요, 1000엔짜리, 1000엔짜리 세 개요!"

유모차 안에는 아이가 울고 있다. 1000엔짜리 세 개. 이 젊은 엄마는 남편과 다른 남자들을 차별하지 않고 초콜릿을 주는구나. 그런 생각에 빠진 나를 밀치며 어느 젊은 여자 둘이 또 끼어들더니, 시식용 초콜릿을 찾아 먹고는 후다닥 사라진다. 그러자 이번엔, 향수 욕조 안에 들어갔다 나온 것 같은 어떤 여자가, 처음 위치로 되밀려온 나를 또 밀치더니 1000엔짜리 초콜릿을 산다. 계속 떠밀리기만 해서인지 왈칵 화가 치민 나는 그 향수 여자를 냅다 밀치며 외쳤다.

"이거요! 3000엔짜리, 이거 주세요!"

이 2000엔의 차이가 내 투쟁심인지도 모르겠다.

줄지어 선 강적들과 끝까지 싸워 사냥감을 손에 넣은 나는 녹초가 되어 집에 돌아왔다. 그날 밤, 사랑하는 사람에게 그걸 주니, 그는 여자들의 투쟁 같은 건 꿈에도 모른다는 듯 "우와! 초콜릿이네!" 하더니 케이스를 열자마자 두 개, 세 개 쏙쏙 입 안에 던져 넣었다. 나는 아직도 투쟁의 현장에 있는 것처럼 그를 밀치며 질세라 초콜릿을 입에다 넣었다. 너무너무 맛있었다.

밸런타인데이가 그렇게 피 터지는 여자들의 축제라는 걸 미처 몰랐다. 축제는 역시 참가하는 편이 즐겁다. 내년을 대비해 몸을 단련하자. 초콜릿을 우적우적 씹으며 나는 그렇게 다짐했다.

## 전자사전 24000엔

이 세상에는 전자사전이라는 게 있는 모양이다. 얇은 계산기처럼 생긴 것 안에 국어사전, 영어사전, 영영사전이 들어 있단다. 그런 게 있단 말이야? 도라에몽 굿즈도 아니고!

3월 초 어느 날, 그 경이로운 소도구를 보기 위해 나는 전자제품 매장에 갔다.

정말로 '전자사전 코너'라는 게 있었다. 휴대폰을 큼지막하게 만든 것 같은 물건들이 줄줄이 진열되어 있었다. 국어사전, 한자사전, 속담사전, 영어사전, 영영사전은 물론이고, 프랑스어, 독일어, 이탈리아어, 중국어 사전까지 온갖 게 다 들어 있는 모양이다.

그런데 이게 과연 편리할까?

나는 흠칫흠칫하면서 하나를 집어 들고 전원을 켰다. 편리한지 어떤지 알려면 뭔가 시험 삼아 찾아봐야 한다. 근데 뭘 찾으면 좋을까? '지저깨비'라고 쳐보았다. 별다른 의도는 없다. 그러자 순식간에 '나무를 깎거나 다듬을 때 생기는 부스러기나 조각'이라고 나온다. 게다가 '목찰'이며 '목패' 같은 모르는 말도 따라 나온다.

순간 내가 지금 전자제품 매장에 있다는 사실도 잊은 채 나는 설레는 마음으로 그 말들의 뜻을 찾아보았다. 오호! 아하! 그렇구나! 이거 꽤 쓸 만한데?

내가 뭣 때문에 가슴이 설레었나 하면, 소설 쓰기를 생각했기 때문이다.

이 작디작은 기계는 내가 모르는 말을 많이 알고 있다. '지저깨비 요괴'란 힘없는 요괴라고 가르쳐준다. 소설을 쓰다가, '아아, 그거 뭐라고 했더라? 힘없는 요괴 같은 사람…' 하며 머리를 쥐어짤 때, 사전을 꾹꾹 누르면 '지저깨비 요괴'라고 바로 알려준다. 나는 막힘없이 소설을 써 나갈 수 있다. '완전히 지저깨비 요괴 같은 그를 보며 나는 실망과 함께 묘한 안도감을 느낀 것도 분명했다' 라고 술술 써 내려갈 수 있지 않을까.

가격을 보니 24000엔. 비싼지 싼지 잘 모르겠다. 이 안에 내장된 사전 전부를 펼쳐 놓는다고 상상해보면 싼 것도 같지만, 프랑스어나 독일어 사전 같은 건 필요없다고 생각하면 비싸다는 느낌도 든다. 하지만 덕분에 소설 쓰기가 훨씬 수월해진다면 역시 싼 게 아닐까?

그때, 같이 온 친구가 내 손 안의 사전을 들여다보더니 "지저깨비…" 하고 희한하다는 듯이 중얼거렸다. 정신이 번쩍 들었다. 과연 내가 '지저깨비 요괴' 같은 남자가 나오는 소설을 평생에 단 한 번이라도 쓸 일이 있을까?

지저깨비 항목은 허둥지둥 지워버리고, 얼버무리는 척하며 메뉴 페이지로 돌아간다. 세상에나! 이 얇은 기계 안에 '곤란할 때 도움이 되는 영어', '비즈니스 영어 자유자재', '영어 회화 불쑥 한마디', '관혼상제 매너 사전'까지 들어 있다.

해외여행을 자주 다니는 나에게 '영어 회화 불쑥 한마디'는 그야말로 안성맞춤이다. 버튼을 눌러보니, 그때그때 상황에 어울리는 회화를 선택할 수 있게 되어 있다. '캐주얼 회화'를 누르고 예문을 찬찬히 살펴보았다.

동의를 구하다, 잘 모르겠다, 다시 묻다, 느낌이나 상황을 묻다, 맞장구치다, 말문이 막히다… 등등 항목이 많다. '말문이 막히다'의 영어 번역을 눌러본다.

'말이 목구멍까지 올라왔다' 이건 또 영어로 뭐라고 하지? 찾아보고 깜짝 놀란다. 그렇구나, 그렇구나, 이렇게 말하면 되는구나. 그럼 '큰일 났네'는? 아하, 아하.

우와, 이거 진짜 편리하네… 그런 생각을 하다가 또 정신을 차린다. '불쑥 한마디'라는 건 말 그대로 불쑥 필요한 말이다. 사전에 따르면 '불쑥'이란 '갑자기 생각이 떠오르는 모양'이라는 뜻인데, 이런 기계를 꾹꾹 누르고 있는 사이 '불쑥'은 순식간에 사라져버릴 것이다.

여기까지 생각하다 나는 문득 심각한 자기혐오에 빠졌다.

결국 나는 구두쇠인 걸까, 하는 생각이 들었다. 지갑을 열어 24000엔을 꺼내야 할 이유를 눈에 불을 켜고 찾고 있는 것이다. 이 기계가 24000엔 이상의 일을 해주지 않는다면 절대 사고 싶지 않다는 말이다. 어휘가 풍부한 멋진 소설, 언어 문제없이 마음 놓고 떠나는 해외여행을 네가 확실히 보장해주는 거지? 하고 이 작은 기계에게 묻고 있는 거다. 이 얼마나 쪼잔한 인간인가.

자기혐오에서 벗어나기 위해 나는, 계속 조몰락거려서 땀으로 축축해진 전자사전을 내려놓고는 몇 발짝 뒤로 물러나, 매장에 몰려 있는 사람들을 바라보았다. 가족이나 아이들 입학 선물로 전자사전을 사러 온 사람들이 압도적으로 많았다.

'그렇구나, 요즘 학생들은 옛날처럼 두툼한 사전을 가방에 넣고 다니지 않아도 되겠네. 납작 가방 안에 사전이 안 들어가서 교실에 두고 다니는 바람에 집에서 숙제도 못 하는 일은 없겠구나. … 그건 그렇고, 요즘도 그렇게 납작 찌그러뜨린 가방을 들고 다니는 학생들이 있기나 할까.'

매장 손님 중에는 술 취한 아저씨도 있었다. "내가 말이야, 베이징, 베이징에서 유학을 했거든! 얼마 전에 귀국했어! 그래서 말이지, 중국어 사전이 들어 있는 게 필요해" 하고 직원에게 말한다. "중국은 말이야, 자네, 진짜 넓어. 내가 중국에서 유학을 했어. 거기 있는 ○○ 씨한테 고마워서 편지를 보내고 싶거든" 하고 밑도 끝도 없이 주절거렸다.

어쨌든 전자사전 매장은 그런 사람들로 굉장히 북적거렸다. 다들 나처럼 눈에 불을 켜고 가격 이상의 것을 전자사전에게 요구하는 것 같지는 않았다. 역시 풍요로운 나라구나.

쪼잔하게 따지고 있는 나 자신이 싫어져 결국 전자사전을 샀다. 카시오에서 나온 하늘색의 예쁜 사전이다. 요즘 나는 소설을 쓰다 지겨워지면 이걸 탁 펼쳐놓고, 소설과는 아무 상관도 없는 속담 사전이나 고사성어 사전에서 '푸성귀에 소금'이니 '단사표음(簞食瓢飮)'이니 하는 말을 찾아보며, "오호, 아하" 하고 고개를 크게 끄덕인다. 얼핏 현실도피 같긴 하지만, 언젠가는 어휘가 풍부한 소설을 쓸 때 도움이 될지도 모른다. 그럴지도 모른다. 그럴지도.

## 건강검진 0엔

회사원이 진심 부러울 때가 두 번 있다. 하나는 보너스, 또 하나는 건강검진이다.

나는 프리랜서라서 보너스도 없고 건강검진도 없다. 불공평하다. 봄이 되면 출판사 편집자들이 너도나도 건강검진 이야기로 꽃을 피우는데, 나는 늘 그게 부러웠다. 지방간이 뭐지? 감마 GTP는 또 뭐야? 중성지방은 뭐고, 부정맥은 또 뭐야? 뭐야, 뭐야, 뭐야, 뭐야, 나도 좀 가르쳐줘! 하고 미칠 것만 같다.

얼마 전, 집 근처 병원에 친구 S가 입원하게 돼서 병문안을 갔는데, 거기서 '건강검진'이라고 써 붙여 놓은 종이를 보았다. 구청에서 자영업자를 위해 제공하는 건강검진이다. 매년 하고 있는 모양인데, 언제 어디서 하는 건지 나는 지금껏 아무것도 모르고 있었다. 매년 자기가 태어난 달이 오기 전까지 엽서로 신청한다고 한다. S 덕분에 이런 것도 알게 됐다.

건강검진이래 봤자 구에서 공짜로 해주는 거니까 그냥 피 빼고 소변 검사나 하는 정도겠지, 지방간이니 감마 어쩌고 하는 건 전혀 관계없는 간단한 검사일 거야. 그렇게 얕잡아 보고 병원에 갔지만, 더할 나위 없이 훌륭한 검사였다. 엑스레이, 심전도 검사, 눈 검사, 소변 검사, 대변 검사, 혈액 검사, 암 검사까지 했다. 이렇게나 많은데 전부 공짜라니, 이 무슨 횡재란 말인가!

검사를 다 마치고 싱글벙글 병원 문을 나섰다.

검사 결과가 전부 '이상 없음. 양호함. 브라보!'일 거라는 건 대충 알고 있다. 다 아는데 굳이 건강 검진을 할 의미가 없잖아, 하고 생각할지도 모르지만, '완벽한 건강'의 증표를 공짜로 얻을 수 있는데 멋지지 않은가.

나는 병원과는 인연이 없다. 감기로 열이 나는 사태는 8년에 한 번 정도밖에 일어나지 않는다. 그리고 내 또래 여자들에 비해 운동량도 꽤 많다. 내 자랑 같지만,

일주일에 세 번 꼬박꼬박 스포츠센터에 나간다. 한두 달 다닌 걸로 이런 말 하는 게 아니다. 벌써 만 3년째 이런 생활을 하고 있다. 에헴.

검사 결과가 빨리 나왔으면…. 그렇게 기다리기를 이 주일. 어느 날 우편함을 열어보니 병원에서 보낸 우편물이 보였다. 집 현관까지 가는 것도 못 참고 엘리베이터 안에서 봉투를 뜯어 종이를 꺼냈다.

입이 다물어지지 않았다. '치료가 필요함'이라는 글자가 눈에 들어왔다.

아니, 아니, 아니, 아니! 어디, 어디가 나쁜 거지? 안절부절 어쩔 줄을 모르며 종잇조각을 읽어 내려간다. 엑스레이 이상 없음. 소변 검사, 대변 검사 이상 없음. 눈 검사, 심전도 이상 없음.

오른쪽 페이지에 난생처음 보는 표가 보였다. 거기에는 내가 그토록 부러워하던 '감마 GTP'니 '혈당치'니 하는 말들이 줄줄이 나열되어 있고, 그 옆에 내 수치가 쓰여 있었다. 엘리베이터에서 내려 현관 앞에 쪼그리고 앉아 그 수치들을 하나하나 살펴보았다.

기준치를 훌쩍 뛰어넘은 항목 하나를 발견했다.

중성지방이다. 중성지방이라니, 뭐지, 뭐지, 뭐지, 뭐지? 나는 후다닥 핸드폰을 꺼내 친구에게 문자를 보냈다. 몇 초 후, '찐득찐득한 피'라는 간결한 답변이 도착했다.

아아, 찐득찐득한 피였나. 내가 찐득찐득한 피였던가. 이렇게나 운동을 하는데도 찐득찐득한 피구나. 완벽한 건강이라고 생각했는데, 찐득찐득한 피였어. 충격이 너무 심한 나머지, 머릿속에서는 그 말만 계속 뱅글뱅글 돌았다.

짚이는 데가 없는 것도 아니다. 나는 채소를 싫어하고, 고기와 유제품을 좋아한다. 그냥 내버려두면 한도 끝도 없이 고기만 먹는다. 게다가 검진을 받은 날은 내 생일이 며칠 지난 뒤였다. 평소라면 건강을 위해 어쩔 수 없이 야채를 섭취하려고 신경 쓰지만, 3월 초부터 '생일 축제 기간'이라는 미명 하에 좋아하는 것(즉, 고기)만 줄기차게 먹었다. 점심은 도리아, 저녁은 스테이크. 점심은 스테이크, 저녁은 이탈리아 요리—애피타이저부터 메인까지 싹 다 고기인 처참한 조합이었다. 점심은 도리아, 저녁은 햄버거. 점심은 부타동, 저녁은 야키니쿠. 죄다 이런 것들뿐이다. 결과는 찐득찐득한 피.

찐득찐득한 피는 그렇다 치고, 나에 대해 상세히 쓰

여 있는 종잇조각이라니, 이 얼마나 흥분되고 짜릿한가, 하고 검사 결과를 보며 생각했다.

건강 검진 결과는 점괘와 비슷하다. 물론 과학적 근거를 기준으로 보면 둘은 양극단에 있지만, '나에 대한 것이 쓰여 있다'는 점에서 보면 같다. 자기 자신에 관한 일이라면 자신이 가장 잘 알 테지만, 내가 모르는 나의 모습이 종잇조각에 쓰여 있는 것 같아서 뚫어져라 보게 되는 것도 정말 똑같다.

나는 점괘를 읽듯이 검사 결과를 읽어 내려갔다. 그렇게 술을 마시는데도 간은 멀쩡하네. 더 마셔도 되겠군. 그렇게 담배를 피우는데도 폐는 깨끗하네. 더 피워도 되겠군… 이런 식으로. 물론 읽는 법이 잘못됐다는 건 충분히 알고 있지만.

## 게 코스 요리 5820엔

'먹는 것'과 '마시는 것'이 별개의 행위라는 걸 최근에야 알게 되었다.

"밥 먹자." 밤시간에 누가 그렇게 말하면 나에게는 당연히 "술 마시자"라는 의미였다. 이 오해 때문에 지금까지 사소하지만 이런저런 문제가 있었다.

내가 이십 대 중반이었을 때, "밥 먹으러 갑시다" 하고 나를 자주 불러내던 편집자가 있었다. 내 머릿속에서 그 말은 자동적으로 "술 마시러 갑시다"로 변환된다. 나는 술 마시는 걸 좋아해서 누가 불러내기만 하면 쫄랑쫄랑 나간다.

그런데 이 편집자가 데려가는 곳은 어째 항상 코스 요릿집이었다. 중국 요리, 이탈리아 요리, 프랑스 요리, 일본 요리, 전부 다 코스 요리다. 물론 코스 요리를 먹으면서 술을 마실 수는 있다. 하지만 그건 내가 생각하는 '음주'와는 꽤 다르다.

나는 원래 적게 먹는 편인데, 술을 마시면 밥이 더 안 넘어간다. 흔히 술집 카운터 자리에 앉아서 연두부 하나만 안주로 시켜 놓고 끝도 없이 술만 마시는 아저씨가 있지 않나. 내가 바로 그런 타입이다. 그래서 배가 터지도록 밥을 먹으면 술을 마음껏 못 마신다. 술배는 따로 있다고들 하지만, 나에게는 용량이 꽤 작은 위장 하나가 있을 뿐이다.

그 편집자가 데려가는 식당은 내가 마음껏 술 마시는 걸 허락하지 않는다. 코스가 아직 절반도 안 지났는데 배는 터질 것 같고 술은 들어가지 않는다. 얼굴에 드러내지는 못해도 점점 기분이 언짢아진다. 괜찮아, 이 지옥 같은 코스를 넘기면 2차는 술만 나오는 가게에 가서 실컷 마셔야지, 하고 속으로 결의를 다지지만, 2차에서도 배가 불러 술은 들어가지 않는다. 이십 대 때의 나는 밥보다 술을 훨씬 좋아했기 때문에 그건 내게 꽤 힘든 고행이었다. 그리고 고행과 함께 편집자가 점점 얄밉게 느껴졌다. 정말 말도 안 되는 심술이었지만, "밥 먹으러 갑시다" 하고 불러내도 잘 안 나가게 되었다. 그 때문에 결국 그 편집자와 점점 일도 하지 않게 되었는데, 아무리 생각해도 내가 너무 심했다. 밥만 먹고 술은 실컷 못 마신다는 이유 때문에라니.

'밥 먹자'와 '술 마시자' 사이에는 분명한 선이 있지 않을까, 하는 생각이 작년에 문득 들었다. 모든 인간은 '밥파(派)'와 '술파'로 나뉜다. '밥파'는 '밥 먹자'고 하면 진짜로 밥을 먹는다. 반면 '술파'에게 '밥'은 '술'과 동의어다. 그런데 사람들이 처음부터 '나는 밥파', '나는 술파' 하고 밝히지 않으니까 의미가 혼동되어 골치 아픈 일이 벌어지는 거다. 술파와 밥 먹으러 갈 때는 위가 비어 있지 않아도 괜찮지만, 밥파와 갈 때는 반드시 위를 싹 비워 놓아야 한다. 내 생각에 이 두 파를 가장 손쉽게 구별하는 법은 바로 디저트다.

밥파는 밥을 다 먹고 나면 꼭 디저트를 먹으려고 한다. 술파는 이탈리아 레스토랑이든 프랑스 레스토랑이든, 그냥 디저트 메뉴를 슬쩍 훑어보고는 "그냥 와인 한 잔 더 할래?", "식후주 한잔으로 마무리하지 뭐" 하고 중얼거리면서 메뉴는 옆으로 휙 치워버린다. 그리고 끝도 없이 마신다.

디저트를 즐기는 사람이 가자고 하면 '밥 먹자'이고, 디저트를 안 먹는 사람이 가자고 하면 '술 마시자'이다. 이것이 내가 서른일곱이 돼서야 비로소 체득한 진리다.

며칠 전, 축하할 일이 있어 친구와 맛있는 걸 먹기로 했다. "이번엔 술만 진탕 마시는 것보다는 요리에 좀 더 집중하자" 하며 우리는 의기투합했고, 친구가 "게! 게! 게!" 하고 밀어붙이는 바람에, 나는 썩 내키지는 않았지만 신주쿠의 게 요리 전문점 '가니도라쿠'에 갔다.

마음이 내키지 않았던 이유는 게를 싫어해서가 아니라 (오히려 무지무지 좋아한다) 어떤 기억 때문이다. 그 게 요릿집은 내가 이십 대였을 때 아까 말한 그 밥파 편집자와 같이 간 적이 있는 곳이다. 당연히 술 마시는 걸 기대하고 갔는데, 그 식당 메뉴는 거의 게 코스 요리였다. 게가 줄줄이 끝도 없이 나왔다. 또 게야…, 계속 나오는 게 요리에 질리면서도, 게 따위한테 질까 보냐, 하며 기를 쓰고 술을 벌컥벌컥 들이켰다.

왜 그랬는지는 모르겠지만, 그때 나는 모든 게 못마땅했다. 붉은색 카펫, 갑자기 눈앞에서 거문고를 연주하는 기모노 차림의 여자, 게 모양의 재떨이, 끝도 없이 나오는 게 요리, 초절임, 게살 파먹는 스푼… 모든 게 다 거슬렸다. 내가 기억하기에 '가니도라쿠'의 게는 별로 맛이 없었다. 코스 요리도 반쯤 먹다 말았다.

그때 코스 요리를 반도 못 먹은 나는 "역시 게 레스토랑은 '레드 랍스터'가 최고야" 라는 결론을 내렸고, 그 뒤로 가니도라쿠에는 발길을 끊은 것이다.

그 뒤로 십몇 년 만에 다시 간 가니도라쿠. 카펫은 여전히 붉은색이지만, 거문고 연주는 없어진 모양이다. 우리는 방에서 메뉴를 쭉 훑어보고 5820엔짜리 코스 요리를 시켰다. 처음에 맥주 한 잔만 하고는 '오늘은 술 금지' 하고 굳게 다짐하며, 게장부터 시작되는 코스 요리에 집중했다.

소식가인 나는 식사 도중에 잠시 흐름이 끊기면 위가 팽창한다. 그래서 전부 다 먹으려고 쉴 새 없이 우적우적 먹었다. 네 번째 요리로 나온 '게 3종 세트'를 걸신들린 듯이 먹고 있는데, 문득 뭔가를 깨닫고 화들짝 놀랐다. 뭐야, 맛있잖아, 가니도라쿠! 진짜 맛있네!

코스로 나온 요리는 게장, 게 샐러드, 게 소스를 끼얹은 두부달걀찜, 게 3종 세트, 대게 석쇠구이, 게 튀김,

밥, 미소시루, 그리고 디저트. 술을 절제한 덕분에 전부 다 먹을 수 있었다. 여느 때라면 "디저트는 술로 하자"라고 했을 텐데, 디저트까지 제대로 된 디저트로 즐겼다.

"오호, 이게 밥파라는 거구나…" 나는 터질 듯한 배를 쓰다듬으며 감개무량했다. 밥을 먹는 것과 술을 마시는 것은 분명 다르다. 이십 대 때는 못 먹었던 게장이 맛있다는 생각이 든 것처럼, 밥 먹는 것도 꽤 괜찮다는 걸 알게 되었다.

이십 대 때의 나는 정말 애였다. 지독한 편식에다 초딩 입맛이라, 밥 먹는 즐거움을 몰랐다. 밥 먹자는 말에 화를 내다니…. 게 코스 요리 5820엔이라는 가격 안에는 내가 조금은 어른이 되었다는 느낌도 포함되어 있다.

귀갓길에, 젊은이들로 북적이는 신주쿠에서 전철역을 향해 걷다가, 같이 밥 먹자고 불러내던 그 편집자가 생각이 나 정말 미안해서 깊이 반성했다. 이제는 완전히 사이가 멀어진 그가 "가쿠타는 밥 안 사주면 글을 안 써" 하고 소문내고 다닌다는 말을 몇몇 사람들에게서 들은 적이 있다. 이 무슨 오해며, 이 무슨 빈정거림이란 말인가.

## 매끌매끌 보습 크림 4500엔

나는 보통 여자들에 비해 좀 칠칠치 못하다. 일단 탕 목욕을 싫어한다. 나와 사귄 남자들이 하나같이 했던 말 중의 하나가 "탕 목욕 좀 하는 게 어때?"였다.

언젠가 여성 잡지를 별생각 없이 읽고 있는데, '자기 전에 스킨케어에 들이는 평균 시간'이 얼마인지 묻는 질문에, 각 분야에서 활동하는 여성들이 답한 내용이 눈에 들어왔다. 깜짝 놀랐다. 저녁에 목욕하고 나서 30분 또는 한 시간이라고 대답한 사람이 수두룩했기 때문이다.

30분씩이나, 한 시간씩이나, 도대체 뭘 하는 거지?

나는 2분이다. 욕실에서 나와, 스킨 토너로 얼굴을 두드리고 크림을 바르면 끝. '그녀들을 본받아 나도 좀 오래 해보자' 하고 천천~히, 천천~히 해봤지만, 5분도 채 걸리지 않는다.

매년 새해가 시작되면 나는 뭔가 결심을 하고 그걸 종이에다 쓴다. '사랑과 성공'이라든가, '중쇄 찍기'라든가, '하루하루 즐겁게 보내기'라든가, '일 안 하기' 등등.

올해의 결심은 '당장에라도 빛날 것 같은 여자가 되자'로 정했다. 칠칠치 못한 나 자신이 이제 정말 지긋지긋해진 것이다.

'당장에라도 빛날 것 같은 여자'라는 말은 나름 머리를 짜내서 지은 말이다. 칠칠치 못한 인간이 단박에 '반짝반짝 빛나는 여자'가 될 수는 없다. '당장에라도 빛날 것 같다'라는 말은 이제 막 빛을 발하기 바로 직전의 모습이다. 딱 꼬집어 말하긴 어렵지만, 빛나기 직전의, 빛나려는 낌새가 느껴지는, 그런 살짝 소극적인 느낌이라고나 할까.

지금은 4월. 결심한 지 어느덧 4개월이 지났지만, 빛이 나려는 낌새는 전혀 없다. 당연하다. 왜냐하면 아무것도 한 게 없으니까. 어떻게 하면 당장에라도 빛날 것 같은 인간이 될 수 있을까, 나는 그것부터 생각하기 시작했다.

역시 자기 전에 스킨케어 하는 데에 시간을 들여야 하지 않을까? 근데 대체 뭘 하면서 30분을, 한 시간을 보내지? 그때 머릿속을 번쩍 스친 것이 바로 바디크림이었다. 목욕을 끝내고 온몸에 바디크림을 바르면, 30분쯤은 눈 깜짝할 사이에 지나가버리지 않을까?

나는 '당장에라도 빛날 것 같은 여자'를 목표로 신주쿠 이세탄 백화점에 갔다.

나는 이세탄 신주쿠점을 신봉한다. 곤란한 일이 생기면 이세탄 신주쿠점에 간다. 이 백화점은 뭐든지 다 팔 뿐만 아니라, 뭐랄까, 내게 어떤 의욕을 불러일으킨다. 실제로 1층 화장품 매장을 걷기만 하는데도 이미 의욕이 마구 솟구친다.

'나이트 스킨케어 30분! 자, 덤벼!'

줄줄이 들어선 화장품 매장들 사이를 헤매고 있으면, 아주 가까운 미래에 내가 바라는 멀쩡한 인간이 될 수 있을 것만 같은 기분이 드는 게 신기하다. 이 착각은 다른 말로 '물욕'이라 할 수 있다.

스킨케어 매장 '오리진스'에 마치 빨려 들어가듯 들어

가긴 했지만, 원래 칠칠치 못한 여자인 나는 뭐가 뭔지 도무지 알 수가 없었다. 샴푸, 린스, 트리트먼트, 입욕제, 화장품 등등이 질서정연하게 진열된 선반 앞에 멍하니 서 있었다. 나는 혼자 힘으로 이해하는 걸 즉각 포기하고, 가까운 점원에게 물었다.

"목욕 후 온몸에 바르는 데 30분은 충분히 걸리는 크림이 어떤 거예요?"

"예에…?"

점원은 살며시 웃으며 고개를 갸우뚱한다. 질문을 너무 축약한 모양이다.

"목욕하고 나서 바를 건데요, 피부가 매끌매끌해지는 크림은 어떤 거예요?" 하고 다시 물었다.

"아아, 보습 크림 말씀이시군요."

그녀는 둥근 모양의 화장품 용기 세 개를 후다닥 꺼내더니 내 앞에 늘어놓았다.

이건 홍차향, 이건 허브향, 이건 오렌지향, 하며 뚜껑을 열고는 냄새를 맡아보게 했다. 나는 개처럼 용기에다 코를 들이밀면서 '보습 크림이 뭐지…' 하고 멍하니 생각했다.

"이것들은 다 향만 다르고 효과는 똑같은 건가요?"

"네, 맞아요. 그리고 이건 신제품인데요, 중국차 성분이 들어 있어서 노화 방지 효과가 있어요" 하며 또 다른 용기를 꺼냈다.

중국차가 뭣 때문에 바디크림 안에 들어 있는지는 모르겠지만, '노화 방지'라는 말에 귀가 솔깃해졌다. 어쨌든 노화는 막아야 하지 않겠는가.

"이걸로 주세요." 나는 바로 주문했다.

포장하고 있는 점원 옆에 찰싹 달라붙어 나는 질문을 쏟아부었다.

"이거 목욕하고 나서 바르면 되는 거죠? 어느 부위에 어느 정도 양을 바르면 될까요? 몸 아무 데나 발라도 괜찮아요? 배나 발바닥, 손바닥에 발라도 되겠죠? 매일 바르는 거예요?"

그녀는 내 질문의 의미를 제대로 이해하지 못하는 것 같았다. 칠칠치 못한 여자는 이런 일이 더러 있다. 칠칠치 못하기 때문에, 칠칠한 사람에게는 당연한 것들도 잘 모르는 경우가 종종 있는 것이다.

예를 들어, 기초 화장품을 사러 가면 점원이 "피부 상태는 어떠세요?" 하고 묻는다. 이 제품을 쓰고 나서 피부에 무슨 트러블은 없었는지, 느낌이 어떤지 묻는 것까지는 이해할 수 있지만, 칠칠치 못한 여자에게 '피부 상태'란 스스로 아는 것이 아니라 남이 가르쳐주는 것이다. "여드름이 많으시네요" 하고 말해줘도 나는 그런 줄을 전혀 알아채지 못한다. 그런 말을 들으면 "어머, 그러고 보니 요새 사흘 밤 연달아 포테이토칩 한 봉지를 한꺼번에 다 먹었네…" 하고 알아차린다.

그래서 "피부 상태는 어떠세요?" 하고 누가 물으면, "어떻게 보이세요?" 하고 나는 얼굴을 들이미는데, 그때마다 점원은 당황해한다.

머리도 마찬가지다. 미용실에 가면, 갈 때마다 담당 미용사가 "저번에 하신 스타일 어떠셨어요?" 하고 묻는다. 그러면 나는 "다들 괜찮다네요", "젊어 보인대요" 같은 말로 대충 대답하는데, 미용사는 그때마다 '으음?' 하는 얼굴로 "다행이네요" 하며, 뭔지 모를 표정으로 미소를 짓는다. 똑 부러지는 여자라면 "직접 손질하기 편했어요" 라거나 "머리가 좀 상한 것 같아요" 라는 식으로 대답한다는 걸 최근에야 알았다.

오리진스 매장의 점원도 '몸 어디를 바르느냐니… 이 여자는 대체 어디까지 바를 생각인 거지? 설마 배꼽 안쪽까지…?' 라는 생각이라도 하는 듯한 미소를 지으며 말했다.

"어딜 바르셔도 괜찮아요. 양은, 적당량이면 될 것 같아요."

적당량이라…. 적당량의 소금, 적당량의 후추라면 대충 알겠는데.

"아, 적당량이군요."

나는 똑 부러진 여자인 척 고개를 끄덕이며 크림을 들고 집으로 왔다.

크림을 사고 며칠 동안은, 평소와 달리 탕 목욕을 끝내고, 거울 앞에 서서 콧노래를 흥얼거리며 온몸 구석구석에 크림을 발라댔다. 은은한 복숭아향이 난다. 복숭아향이 내 몸을 감싸면, '당장에라도 빛날 것 같은 나 자신'이 바로 코앞에서 나를 맞이할 것만 같은 행복한 기분이 든다.

그런데, 아무리 기를 써도 온몸에 크림을 바르는 데 3, 4분밖에 걸리지 않는다. 그리고 그 3, 4분의 수고로움마저 일주일이 지나자 벌써 귀찮아졌다. 아아, 당장에라도 빛날 것 같은 여자는 언제쯤 될 수 있을까…. 뭐, 당장에라도 빛날 것 같은 아줌마, 당장에라도 빛날 것 같은 할머니여도 상관은 없지만….

## 커피 2.80NZD + 얌누아 8NZD

낯선 곳으로 떠난 여행에서, 아무것도 본 것 없이 돌아오기란, 사실 쉬운 일이다. 뭔가 본 것 같고, 안 것 같고, 이해한 것 같아서, 즐거운 추억을 만들었다고 생각했는데, 사실은 아무것도 본 게 없었던 경우가 종종 있지 않나?

아직 학생이었을 때 패키지여행으로 이집트에 간 적이 있다. 정말 럭셔리한 패키지여서 호텔은 언제나 최고급이었고 밥도 매번 멋진 레스토랑에서 먹었다. 아주 즐거운 여행이었지만, 그 여행에서 아무것도 본 게 없었구나 하는 생각이 들 때가 있다.

무엇을 보았고 무엇을 보지 못했나, 라는 건, 패키지 여행이냐 자유여행이냐의 차이라기보다는, 그곳에서 돈을 썼냐 쓰지 않았냐의 차이가 아닐까 하고 나는 생각한다.

그 이집트 여행은 모든 비용이 패키지에 포함되어 있어 지갑을 열 일이 거의 없이 하루하루가 지나갔다. 피라미드 견학도, 박물관 구경도, 식사도, 숙박도 다 포함이었다. 자유 시간에 시장을 돌아다녔을 때는, 바득바득 깎아서 물건을 사고 차도 마셨지만, 그건 마치 놀이기구를 타는 느낌이라고나 할까, '돈 쓰기' 모의 체험과 비슷한 기분이었다.

여행에서 돈을 쓴다는 건 뭐랄까, 그보다는 조금 더 생생한 것이라고 생각한다. 그 지역에서 파는 차 한 잔 값이 얼마인지, 싸구려 식당의 밥값이 얼마인지, 버스 요금이 얼마인지도 모르는 채 여행했던 나는 지금도 이집트가 어떤 곳인지 잘 모른다. 피라미드 돌의 감촉, 드넓은 궁전에 비친 햇살, '수크'라고 불리는 시장 안의 뿌옇게 먼지 낀 모습 같은 건 기억나지만, 돈의 감촉이 빠졌다는 것 하나만으로도 그곳이 어디 먼 곳으로만 느껴진다.

아주 가끔, 돈이 전혀 들지 않는 취재 여행이라는 걸 할 때가 있다. 취재를 의뢰하는 쪽이 호텔비에 식비, 교통비까지 다 지불해준다. 몇 년 전 이런 취재를 처음 의뢰받았을 때는 "앗싸!" 하고 여행을 떠났다. 공짜로 여행할 수 있는 거다. 여행을 좋아하는 나에게 이보다 더 기쁜 일거리는 없다.

그 첫 취재 여행에서 나는 말 그대로 돈을 한 푼도 쓰지 않았다. 취재를 위한 스케줄이 아침부터 밤늦게까지 빡빡하게 짜여 있어 자유 시간도 없었다. 차 한 잔 마실 때도 다 같이 우르르 몰려가기 때문에 담당 직원이 돈을 냈다. 아아, 이런 일이 매년 두세 번쯤 생기면 좋겠다, 하고 여행하는 동안은 그렇게 생각했다.

그런데 집에 돌아와서 깜짝 놀랐다. 너무나도 기억이 흐린 것이다. 취재는 충분히 했고, 작업도 잘 마무리했는데, 그곳이 어떤 곳이었는지 하나도 모른다는 생각이 들었다. 뭔가를 보고, 알고, 이해했다는 느낌이 여느 여행보다 훨씬 덜 느껴졌다. 돈을 쓰지 않아서 그렇다는 걸 시간이 조금 지나서야 깨달았다.

얼마 전에, 또 취재로 뉴질랜드에 갔다. 편집자와 카메라맨, 그리고 통역과 안내를 도와줄 현지 코디네이터,

나, 이렇게 넷이서 뉴질랜드의 북쪽 섬을 약 열흘간 돌아다녔다.

이런 경우 돈을 지불하는 쪽은 의뢰인인 편집자(즉, 출판사)인데, 늘 넷이서 함께 움직이기 때문에 돈 쓸 일이 별로 없다. 식사는 물론 휴식 시간에 차를 마실 때도 돈을 꺼낼 필요가 없다.

뉴질랜드에 아침 일찍 도착하자마자 바로 취재가 시작되어서, 장시간 비행에 기진맥진한 채로 나는 멍하니 렌터카를 타고 취재 장소로 향했다. 몽롱한 상태로 취재 장소에서 사람들의 이야기를 듣고, 데려가주는 대로 카페 의자에 앉고, 내주는 대로 커피를 후루룩 마시고 미트 파이를 우적우적 먹었다. 비행기에서 내려 한 번도 눕지 못한 채 밤이 되었다. 식사를 하고 호텔 방으로 돌아와, 녹초가 된 몸으로 그날 보고 들은 것들을 쓰고 있는데, 갑자기 정신이 들었다.

이대로는 안 돼. 이런 식으로 계속 시켜주는 차를 마시고, 시켜주는 밥을 먹고, 시켜주는 와인을 마시고, 어딘가로 데려가는 차를 탄다면, 나는 또 뉴질랜드를 보지도, 알지도, 이해하지도 못한 채 여행이 끝나버릴 거야. 온종일 돌아다니며 밥을 두 끼나 먹었는데, 커피 한 잔이 얼마인지도 모르고 잔다는 건 말도 안 돼.

그렇게 속으로 중얼거리며 나는 뉴질랜드 지폐를 여행용 지갑에 고이 넣어 두고 잠자리에 들었다.

이튿날부터 취재하는 틈틈이 뉴질랜드 물가와 눈싸움이라도 하는 듯이 지냈다.

뉴질랜드의 커피 값은 평균 2달러 80센트다. 1뉴질랜드달러가 대략 70엔이니까 엔화로 환산하면 대충 200엔이 조금 못 된다. 굳이 엔으로 환산하지 않아도 '2달러 80센트'가 체감이 되면 이곳이 조금씩 보이기 시작한다.

한 나라의 물가라는 건 참으로 제각각이어서, 일 때문이 아니라 혼자서 여행하는 경우에는 물가를 모르면 좀처럼 움직일 수가 없다. 물가를 이해하려면 '기준 가격' 하나를 정해놓지 않으면 안 된다. 그런데 이 기준 가격이라는 게 참 정하기 어렵다. 커피는 가장 쉽게 접할 수 있지만, 의외로 기준이 되지 않는다.

예를 들어 여러분이 도쿄로 여행을 왔다고 하자. 셀프서비스 커피 전문점의 커피가 200엔, 술집의 맥주가 500엔, 택시 기본요금이 660엔, JR 전철 기본요금이 130엔, 맥도널드 햄버거 세트가 500엔 안팎, 라면이

600엔 안팎, 담배가 300엔 안팎… 이 수많은 가격 중에서 뭘 기준으로 도쿄의 물가를 이해해야 할까?

나는 지극히 통상적으로 식당의 밥값을 기준으로 한다. 레스토랑이나 카페 같은 데가 아니라 그냥 일반 식당 말이다. 도쿄에서 근사하게 꾸미지 않은 평범한 식당에서 밥 한 끼를 먹으려면 아마 500엔에서 600엔 정도 들 것이다. 이걸 기준으로 보면, 택시 기본요금 660엔은 너무 비싼 것 같아서 일단 택시는 타지 않을 테고, 카페에서 잠깐 쉬며 맥주를 마실 때는 약간 사치라고 생각하면서 마실 것이다.

스페인에선 커피 한 잔보다 와인 한 잔이 더 싸다. 타이에서는 커피라고 하면 네스카페를 말하는데, 그것보다는 주스 종류가 더 싸고, 싱하 맥주는 그 둘보다 훨씬 더 비싸다. 모로코에선 커피보다 민트 차가 더 저렴하면서 맛도 좋고 피로도 풀어준다. 그래서인지 거기서는 맨 처음에만 한 번 커피가 눈에 들어왔을 뿐 그 뒤로는 손이 가지 않았다.

자, 그럼 이제 뉴질랜드다. 샌드위치, 미트 파이 같은 건 4달러 안팎. 레스토랑의 샐러드는 10달러 안팎, 메인 요리는 20달러 정도였다. 그렇게 지갑을 움켜쥐고 취재를 계속했는데, 대도시 오클랜드에 돌아와 보니까 그때까지 슬슬 익혀 온 물가와는 전혀 딴판이었다.

오클랜드에는 현재 아시아인들이 대거 이주해 곳곳에서 아시아 식당을 운영하고 있다. 최근 몇 년 사이에 아시아 식당과 슈퍼마켓이 우후죽순처럼 생겨났다고 한다. 도미니언 로드 같은 곳은 이제 완전히 아시아 거리다. 길 양쪽으로 중국 식당, 타이 식당, 한국 식당의 네온사인이 번쩍번쩍해서, 여기가 오클랜드라는 사실을 순간 잊어버릴 정도다.

여행 초반에는 사람이라고는 코빼기도 보이지 않는 시골을 돌아다니며 끼니마다 뉴질랜드 음식으로 해결했던 우리는, 아시아 거리의 존재를 알자마자 나사 하나가 풀리기라도 한 듯, 밥때만 되면 그 동네로 갔다. 불고기를 먹고 막걸리를 마시고, 아주 맵게 주문한 타이 요리를 먹고, 홍콩에 와 있는 듯한 분위기의 얌차 식당에서 게걸스럽게 얌차를 먹었다. 피시 앤드 칩스도, 양고기 요리도, 키쉬도, 미트 파이도 맛있지만, 그래도 아시아 요리에는 비할 수가 없다.

여기 아시아 음식은 가격이 정말 말도 안 될 정도로 싸다. 타이식 샤브샤브인 스팀보트가 죽까지 포함해서

1인분에 8달러. 타이의 매운 소고기 샐러드인 얌누아는 밥까지 주는데 8달러. 그리고, 카트에 실려 나오는 요리를 마음껏 골라 먹는 얌차가 1인분에 16달러다. 커피 2달러 80센트, 샌드위치 4달러와 비교하면 파격적으로 싸다. 이래서 수지가 맞을까 하는 생각이 들 정도다. 그렇다고 싸기만 한 것도 아니다. 어느 식당이든 충격적으로 맛있다. 도쿄에서도 이 정도로 맛있는 식당은 본 적이 없고, 그 요리의 본고장에서조차도 좀처럼 만나기 힘든 식당들뿐이다.

물가 때문에 꽤 혼란스럽긴 했지만, 샌드위치와 아시아 요리 사이의 이 차이가 지금의 뉴질랜드를 보여주는 게 아닐까 하는 생각도 들었다.

뉴질랜드는 다른 나라에 비해 수용적인 나라다. 뭐든지 다 받아들인다. 열흘간의 여행만으로도 충분히 알 수 있다. 아시아적인 관용과는 묘하게 다르다. 어쩌면 역사와 풍토에 기반한 수용이 아닐까, 하고 여행하는 동안 생각했다.

아시아인들이 대거 몰려와 아시아 거리를 만들고, 아시아 말로 된 간판을 내걸어도, 쫓겨나지 않고 사이좋게 어울려 있다. 그런 곳이기 때문에 사람들이 모이는 것이고, 그렇게 모인 사람들은 자신의 장소를 오래오래 지키기 위해 필사적일 것이다. 남들보다 조금이라도 더 맛있는 음식을 조금이라도 더 싸게 말이다. 그런 심플한 비즈니스 마인드가 아시아 거리의 가격 파괴를 불러오고, 또 자리다툼과는 거리가 먼 그런 곳에, 피시 앤드 칩스와 양고기를 먹는 뉴질랜드인들의 생활 또한 동시에 존재하고 있는 것일 테다.

아시아 식료품점에서 파는 채소는 콩나물이든 배추든 파든 전부 뉴질랜드 땅에서 재배할 수 있다고 들었다. 이 땅의 풍요로움은 시골을 돌아다녀보면 온몸으로 느낄 수 있다. 메마른 땅은 눈에 띄지 않고, 또 인구도 아주 적어서 식재료가 넘쳐날 정도로 많다. 경제적으로 부유하지 않더라도 먹을거리가 풍부하면 절대적으로 마음이 놓인다. 이 나라의 수용 자세는 그런 여유로운 마음에서 생긴 게 아닐까.

마지막 날, 오전 중에 잠깐 짬이 나서, 혼자 동네를 걸었다. 계절은 가을이어서 하늘이 훌쩍 높았다. 거리에는 일터로 향하는 사람들이 오가고 있었다. 그렇지만 사람들의 수는 그다지 많지 않고, 차도 별로 다니지 않았다. 아직 아침을 먹지 않았다는 생각에, 작은 카페에 들어가 진열대를 살펴보았다. 신중하게 메뉴를 고르고 있는데, 일터로 향하는 사람들이 허둥지둥 들어와서는 덥석덥석 뭔가를 사서 가게를 나간다. 나는 햄에그 샌드위치를 고르고, 계산대에서 커피를 주문했다. 가게 주인은 내가 영어를 전혀 못 알아듣는다고 생각했는지, 커피는 셀프서비스라고 아주 천천히 설명해주고, 설탕과 우유는 어디에 있고 또 얼마나 넣으면 되는지 몇 번이나 알려주면서 계산기를 두드렸다. 가게를 나오는데 "좋은 하루 되세요!" 하고 큰 소리가 들렸다. 뒤돌아보니 가게 주인이 함박웃음을 지으며 손을 흔들고 있었다.

너무나 평범한 인사였지만, 오클랜드에서 보내는 마지막 날이 좋은 하루가 되지 않을 수 없을 거란 확신을 주는, 하느님이 건네는 말인 것처럼 내 마음에 울렸다. 무심히 건네준 하느님의 축복과 아침밥 4달러 80센트.

## 이상적인 현금 4만 엔

나는 지갑에 돈을 넣지 않는다. 아니, 넣기는 하는데 금액이 아주 적다. 카드가 많아서 현금은 넣고 다니지 않는다, 라는 주의도 아니다. 그냥, 까먹고 안 넣는다.

늘 2000엔, 3000엔 정도만 지갑에 넣고 다닌다. 그렇게 조금만 갖고 다니면 곤란할 때가 없나? 하고 생각할 것이다. 곤란한 때는 종종 있다.

언젠가 친구와 술을 마시러 갔는데, 그날이 마침 그 친구 생일이었다. "자! 오늘은 내가 한턱 쏠게!" 하고 의기양양하게 큰소리치고 한국 식당에 가서 실컷 먹고 마셨는데, 계산을 하려고 지갑을 열어보니 달랑 5000엔밖에 없는 것이다. 계산서에는 그 두 배쯤 되는 금액이 찍혀 있다. 결국 "미안. 돈 좀 빌려줄래…" 하고 친구에게 울먹울먹 부탁했고, 2차에선 아예 생일인 그 친구가 돈을 냈다.

"너 대체 얼마나 갖고 있는데?" 2차 술집에서 친구가 물었다.

"5000엔" 하고 대답하니, 친구는 어이없다는 표정으로 중얼거렸다.

"5000엔밖에 없으면서 한턱 쏜다는 말은 잘도 하네…."

더 심한 일도 있었다. 2년 전쯤인가, 어느 여름날, 남자친구와 이즈의 바닷가로 수영하러 갔다. 당일치기 해수욕 여행이라 우리는 아침 일찍 도쿄를 떠났다. 도쿄역에서 이즈행 차표를 샀는데, 그때서야 나는 가진 돈이 얼마 없다는 걸 알았다. 차표를 사고 나니 500엔밖에 남지 않았다.

뭐 그래도 이즈 역에 내리면 은행이 있겠지, 하고 대수롭지 않게 생각하고 기차를 탔다. 아직 아침을 먹지 않아서 도시락을 사려고 남자친구에게 돈을 빌렸다.

"근데, 지금 돈 얼마나 있어?"

출발하자마자 대뜸 돈부터 빌리는 나에게 남자친구가 물었다.

"500엔."

나는 대답했다. 남자친구는 입을 쩍 벌리고 나를 보더니, 퍼뜩 정신을 차리고는 자기 지갑을 꺼내 확인하기 시작했다.

"아침에 나오는데 은행 문이 안 열려서 나도 만 엔 정도밖에 없어. 돌아올 차비 빼고 나면 우리 점심도 못 먹어" 하고 남자친구가 비장한 목소리로 말했다.

"역에 내리면 분명히 은행이 있을 거야." 내가 말했다.

"만약에 없으면? 바닷가에서 샤워장도 못 빌리고, 파라솔도 못 빌릴지도 몰라."

"괜찮을 거야. 아직 만 엔이나 있잖아."

그렇게 말하면서 나는 사람이라는 건 이렇게나 다르구나, 하고 생각했다. 만 엔을 갖고 있어도 노심초사하는 사람이 있는가 하면, 500엔밖에 없는데도 천하태평인 나 같은 사람도 있다. 하지만 그는 만 엔이란 돈이 얼마나 부족한 금액인지 구체적인 숫자를 들어가며 설명하기 시작했다. 돌아갈 차표 2장이 얼마, 샤워장 대여비가 얼마, 파라솔은 얼마, 점심값은 얼마, 맥주는 얼마….

그제야 나는 깨닫는다. 돈 만 엔쯤은 눈 깜짝할 사이에 사라져버린다는 사실을.

그래도 분명 은행이 있을 거야. 돈만 찾으면 아무 문제없어. 그렇게 생각하며 창밖을 보고 있는데, 열차는 점점 산골짜기로 들어간다. 정차 역에 설 때마다 은행 간판이 있을까 주위를 두리번거리지만, 은행 비슷한 건 코빼기도 보이지 않는다.

은행이 없으면… 은행이 없으면… 돈을 못 찾으면… 점심을 굶는 건 그렇다 쳐도, 도쿄에 못 돌아갈지도 몰라!

사태가 얼마나 심각한지 그제야 깨달았다.

초등학생, 아니 세상 물정 모르는 스무 살이라면 또 몰라도, 서른을 한참 넘긴 여자가 '집에 못 가면 어떡하지…' 하고 얼굴이 새파래지다니, 그야말로 한심하기 짝이 없다.

정말로 목적지에는 은행이 없었다. 빙수 가게, 선물 가게, 카페 같은 게 띄엄띄엄 들어서 있을 뿐, 은행도 ATM이 있는 편의점도 눈을 씻고 찾아봐도 없다. 바닷가에 있는 호텔로 뛰어가봤지만, 역시 돈 뽑는 기계나 그런 서비스는 없었다.

우리는 마음을 졸이면서도, 얼마쯤 있는 돈으로 탈의실에서 옷을 갈아입고, 파라솔을 빌리고, 남은 돈을 계산해가면서 바다에서 헤엄을 쳤다. 점심때가 되자, 아무래도 걱정이 된 나는 수영복 위에 티셔츠를 걸치고 "잠깐 은행 좀 찾아보고 올게" 하고 바닷가를 떠났다. 남자친구는 말리지 않았다.

마을을 헤매고 다녔지만 역시 은행은 보이지 않았다. 하는 수 없이 관광안내소에 들어가서 한가해 보이는 아주머니에게 "여기서 제일 가까운 은행이 어디에요?" 하고 물었다.

다음 역에 가면 시즈오카 은행이 있다고 아주머니가 알려주었다. 또 친절하게도 열차 시간표까지 알아봐주었다. 나는 수영복에 티셔츠 차림으로, 다음 역으로 가는 표를 사서, 20분쯤 뒤에 도착한 기차를 타고, 다음 역에 있는 시즈오카 은행으로 갔다. 현금인출기로 돈을 찾고 나니 그제야 마음이 놓였다.

돈이 든 지갑을 들고 역으로 가보니, 다음 기차가 올 때까지 한 시간쯤 기다려야 했다. 내가 여기 뭐 하러 온 거지? 시간표를 쳐다보며 멍하니 생각에 잠겼다. 해수욕하러 와서 대부분의 시간을 은행 찾느라 왔다 갔다 하는 데 쓰다니, 너무 슬프잖아. 결국 택시를 타고 바닷가로 돌아갔다. 대체 뭘 한 걸까.

이런 생생한 공포를 맛보았음에도 나는 여전히 아무것도 배운 게 없이 지갑에 돈을 넉넉히 넣지 않고 다닌다.

편의점에서 지갑을 여는데 200엔밖에 없어서 은행으로 뛰어가 돈을 찾아 되돌아간다거나, 택시를 탔는데 지갑을 보니 1000엔밖에 없어서 아슬아슬하게 1000엔을 넘기려는 찰나에 내려달라고 해 집까지 걸어간다거나, 하는 경우가 다반사다.

한번은 택시를 탔는데 또 지갑에 돈이 없어서 가진 돈에 딱 맞게 도중에 내려달라고 부탁했는데, 가는 도중에 비가 내리기 시작했다. "어이쿠, 비가 오네. 할 수 없군. 바래다드려야지" 하고 집까지 태워준 운전기사 아저씨도 있었다. 그 친절한 마음씨에 감동한 나는, 지갑에 돈을 넣지 않은 나 자신을 창피해하면서, 앞으로는 반드시 넉넉하게 넣어 다니겠습니다, 하고 부처님 같은 기사 아저씨 뒤에서 다짐했지만, 그래도 여전히 까먹는다. 그때 신세를 진 택시비는 다음 날 아저씨 계좌로 보내드렸다.

지갑 안에 돈이 없는데 거기다 은행까지 보이지 않는다는 건, 이루 말할 수 없는 공포다. 예전에 《이코노미컬 팰리스》라는 경제 소설(내 기준에서는 경제 소설이다)을 쓸 때, 가난하다는 건 공포 이외에 그 어떤 것도 아니다, 라고 생각한 적이 있는데, 은행이 없는 곳에서 수중에 돈이 한 푼도 없다는 건, 설령 계좌에 5000만 엔이 있다 한들, 가난과 같은 수준의 공포를 불러일으킨다.

같이 바닷가로 놀러 간 남자친구는 그날 이후로 집 근처를 산책할 때도 지갑에 돈을 잔뜩 넣고 다닌다. 그날의 공포가 뇌리에 박힌 것이다. 그 옆에서 함께 걷는 나는 지갑에 돈을 안 넣고 다니는 사람이니까, 무슨 일이 생겼을 때 둘이 곤란하지 않을 정도의 금액만 넣어 다닌다. '무슨 일이 생겼을 때'를 바꿔 말하면, 꼭두새벽에 둘이서 은행도 없는 동네에 가게 되는 그런 때다. 이제 그런 일은 두 번 다시 안 일어날 거야, 하고 생각하기 때문에 나는 영원히 아무것도 배우지 못하는 것이다.

동갑내기 친구에게, 뭐 특별히 살 것도 없는 평상시라면 지갑에 돈을 얼마나 넣어 다니는 게 상식일까? 하고 물어보았다.

"나이를 반올림한 숫자에 1000을 곱하면 돼" 하고

그는 명쾌하게 답했다. 스물일곱 살이면 반올림한 숫자 30에 1000을 곱해서 3만 엔. 스물한 살이면 2만 엔.

나는 지금 서른일곱 살이니까 4만 엔이다. 그런 계산법, 난생처음 들었다. 하지만 4만 엔이나 지갑에 넣어 다니면, 은행이 없는 해수욕장에 가도, 편의점에 가도, 택시를 타도, 생일날 친구에게 한턱낸다고 큰소리쳐도, 얼굴이 시퍼레질 일은 없겠다는 생각이 들었다.

좋아, 나도 그 친구의 말을 따르자. 나이에 걸맞은 돈을 갖고 다니자. 편의점에서 만화 잡지며 과자, 맥주, 담배 따위를 계산대에 줄줄이 올려놓고, "어머머, 돈이 없네. 금방 빼서 올게요" 하고 뛰쳐나가는 짓을, 서른일곱 먹은 여자가 몇 번이고 계속한다면, 인격에 의심이 들지 않겠는가. 지갑에 넉넉히 돈을 넣어 다니겠다고 단단히 마음을 다지고 있는데, 글을 쓰다 문득 불안한 마음에 지갑을 열어보니 3037엔, 그리고 어느 나라 돈인지도 모르는 구리색 동전 하나가 들어 있다. 나는 대체 왜 이런 걸까.

ORIGINS

## 서서 먹는 소바 390엔

'서서 먹는 소바집'에 들어가는 사람은 서서 먹는 소바집이 좋아서 가는 거겠지, 하고 늘 생각했다.

서서 먹는 소바집의 소바는 독특하다. 헉 소리가 날 만큼 맛이 없는 경우는 있어도, 끝내주게 맛있는 경우는 없다. 게다가 좌석 배치가 상당히 애매하다.

우리 집에서 제일 가까운 '서서 먹는 소바집'은 중앙에 타원형 테이블이 있고, 의자가 빙 둘러 놓여 있다. 그리고 테이블 가운데에는 반투명 칸막이가 하나 있다. 가게가 붐빌 때는 모르는 사람들끼리 줄줄이 붙어 앉게 된다. 의자는 고정되어 있고, 의자와 의자 사이의 간격은 매우 좁다. 칸막이가 있지만 그다지 크지 않기 때문에, 왠지 대가족이 모여 점심을 먹고 있는 풍경 같다.

이런 거 어색하죠? 여러분은 어색하지 않나요? 적어도 나는 생판 모르는 남이랑, 가족끼리 식사하는 것처럼 국수를 후루룩거리고 싶지는 않다. 반투명 칸막이 너머로는 앞사람과 마주 보고, 옆 사람과는 팔을 찰싹 붙인 채 말이다.

서서 먹는 소바집은 가게마다 형태가 다른데, 카운터 테이블만 있고 정말로 서서 먹는 가게, 유리창 쪽으로 카운터 테이블이 놓여 있는 가게, 작은 테이블 자리가 있는 가게 등등 다양하다. 하지만 어떤 가게든, 옆 사람과의 간격이 좁다는 것, 테이블 자리도 합석하거나 모르는 사람과 마주 보고 앉을 가능성이 크다는 건 마찬가지다.

그런데 이 서서 먹는 소바집은 막 대학생이 된 내가 동경했던 3대 음식점 중의 하나였다. 나머지 둘은 회전초밥집과 규동집이다.

서서 먹는 소바집도 규동집도 회전초밥집도, 20년 전에는 지금과는 조금 정취가 달랐다 (이 문장을 쓰다가, 내가 열여덟 살이었을 때가 벌써 20년 전이라는 걸 깨닫고는 화들짝 놀랐다). 그때는 여자 혼자 불쑥 들어갈 수 있는 분위기는 아니었는데, 커플이라고 해도 들어가기가 조금은 어색하지 않았을까. 그때까지 쭉 여자들뿐인 학교에 다니다가 고등학교를 졸업한 나는 친구라고는 여자밖에 없었기 때문에 더더욱 이런 가게와는 인연이 없었다.

친한 남자 친구들이 생기면 꼭 서서 먹는 소바집, 회전초밥집, 규동집에 같이 가자고 해야지, 하고 마음을 먹었다. 남자 친구들은 금방 생겼지만, 그래도 어쩐지 부탁하기가 힘들었다. 그런 데에 같이 가는 건 왠지 아주 친한 사이라고 생각했는데, 그 정도까지 친한 남자 친구는 없었던 것이다.

결국 내가 그 세 종류의 가게를 완전히 정복하게 된 건 대학교 2학년이 되고 나서였다. 1학년 중반 무렵에 겨우겨우 생긴 남자친구에게 전부 다 같이 가자고 했다. 서서 먹는 소바집도 회전초밥집도 규동집도 저마다 독특한 분위기가 있어, 나는 감동했다. 어느 가게든 한편으로는 술렁이면서도 묘한 고요함이 지배하고 있었다. 시간이 정말 빨리 가면서도 가게 안에는 가라앉은 시간이 감돌고 있었다. 이유 여하를 막론하고 손님이 가게 안에 오래 머무르지 않도록 하겠다는 확고한 분위기 또한 강하게 느껴졌다. 나는 그 분위기를 어지럽히지 않으려고, 불필요한 말은 하지 않은 채 그저 묵묵히 밥을 먹었고, 식사가 끝나자마자 꾸물대지 않고 후다닥 가게를 나왔다.

내가 가장 매력을 느낀 건 규동이었다. 고기를 좋아하고 채소를 싫어하는 나에겐 훌륭한 음식이었다.

지난 20년 동안 규동집은 가격 파괴를 일으키더니 규동의 본모습은 사라졌다. 회전초밥집은 주요 외식업이 되면서 미식 요릿집이 되었고, 서서 먹는 소바집은 메뉴가 다양해지고 실내도 깔끔해졌다. 이제는 젊은 여성들끼리 들어가도 더 이상 아무렇지도 않다. 나도 이제 어느 가게든 혼자서 갈 수 있게 되었다. 이젠 별 감동도 없다. 데이트할 때 규동집에 간다고 하면, 분수도 모르고 화를 내게 되었다.

그래서 생각한 것이다. 서서 먹는 소바집을 좋아하는 사람은, 끝내주게 맛있는 경우는 결코 없는 소바와, 생판 모르는 사람들과의 접촉과, 대가족이 한데 모여 점심을 먹는 것 같은 분위기를 사랑하는 사람임에 틀림없다고.

그런데 최근 들어 꼭 그런 건 아니라는 생각이 들기 시작했다.

요즘 나는 정말 바쁘다. 일도 바쁘지만, 잡일이 많다. 우체국에 가서 택배를 보내고, 택배용 포장 상자를 사러 가고, 팩스 잉크가 떨어져 사러 가고, 은행 일을 처리하고, 그 처리가 잘못돼서 또 가고…, 다 대수롭지 않은 일이긴 하지만 전부 몸을 움직여야 하고 움직이다 보면 시간이 점점 뺏긴다.

소설을 쓰면 소설을 쓰고, 우체국에 가면 우체국에 가고, 그런 식으로 사람은 본래 하루에 하나씩 일을 처리하는 게 최대한이라고 믿는 나에겐 굉장한 스트레스다. 게다가 허둥대는 바람에 실수도 하고 잘못도 하니까 시간이 더 걸린다.

그래서 점심 먹을 시간이 없어지는 사태가 툭하면 벌어진다. 내 인생에 점심 먹을 시간이 없을 수도 있다니, 지금까지 생각해본 적도 없는 일이다. 그런데 정말로 시간이 없다.

하지만 안 먹을 수는 없다. 세상에는 한 끼 정도는 굶어도 멀쩡한 사람이 수두룩하지만, 나는 한 끼만 굶어도 비틀비틀하다가 자칫하면 픽 고꾸라진다. 진짜다. 그래서 짧은 시간에 뭐든 배를 채우지 않으면 안 된다.

그러다 보니 먹을 수 있는 음식의 범위가 줄어든다. 패스트푸드 아니면 서서 먹는 소바다. 고지혈증 판정을 받은 뒤로는 패스트푸드보다는 소바를 먹으려고 한다. A라는 잡일과 B라는 잡일 사이의 아주 짧은 시간 동안, 서서 먹는 소바집에 가서 후루룩 소바를 먹고 후다닥 가게를 나온다. 너무 바쁘기 때문에, 점심은 꼭 먹어야 한다는 절실한 생각 때문에, 대가족용 테이블도, 바싹 붙어 앉은 옆 사람도 아무렇지 않다.

가게 안을 둘러보면 다들 바빠 보인다. 그렇구나, 하고 나는 최근에서야 깨달았다. 서서 먹는 소바집에 가는 사람은 서서 먹는 소바를 좋아하는 게 아니라, 바쁜 사람들인 것이다. 대가족용 테이블도, 남들과의 부자연스러운 접촉도, 좋아하는 게 아니라 신경 쓰지 않는 거다.

"서서 먹는 소바집은 바쁜 사람들을 위한 거야" 하고 내가 발견한 사실을 친구에게 말하니, "당연한 거 아냐?" 라는 말을 들었다. 당연한 거였나.

작업실 근처의 서서 먹는 소바집에는 '파 소바'라는 메뉴가 있는데, 이건 그럭저럭 맛이 있다. 파채와 얇게

썬 돼지고기를 고추기름에 무친 것이 따뜻한 소바 위에 놓여 있다. 나는 식권 판매기에서 '파 소바'밖에 안 고른다. 메뉴 고를 시간도 없는 것이다.

일찍이 나는, 바쁜 어른 같은 건 절대 되지 말아야지, 하고 굳게 다짐한 적이 있다. 그러니까 요즘처럼 잡무에 쫓겨 이리 갔다 저리 갔다 하며 점심 먹을 시간도 없는 그런 상황은, 나에게 부끄러움 이외의 그 어떤 것도 아니다. 나는 지금 부끄러운 어른이다.

서서 먹는 소바집을 동경해 남자친구가 생기면 먼저 거기부터 가겠다던 열여덟 살의 나는 이제 20년도 더 지난 옛날이 되었구나.

## 가방 59000엔

가방을 드는 게 싫다. 가방을 들면, 어느 쪽 손으로 들든 그쪽 손은 방해를 받는다. 배낭을 메면, 내 몸의 크기를 자꾸 착각한다 (등 쪽이 내 생각보다 커졌기 때문에 뭔가에 자꾸 부딪친다). 정말이지 가방이란 녀석은 불편하다.

빈손으로 걸어 다니면 얼마나 좋을까 하고 생각한다. 실제로 나는 종종 아무것도 안 들고 다닌다. 아무것도, 라고 말하긴 했지만, 지갑 정도는 들어야 한다. 내 지갑은 보통 사람들 것보다는 큼직한데, 청바지 뒷주머니에 억지로 욱여넣고 어떻게든 빈손으로 걷는다.

그런데 걷다 보면 짐이 늘어난다. 예를 들어, 책방에 들러 책을 사면 짐이 늘고, 편의점에 들러 음료수를 사면 또 짐이 는다. 가방이 없으면, 늘어나는 짐을 전부 손에 들고 다녀야 한다.

편의점에 가면 흐물흐물한 비닐봉지에 물건을 넣어주는데, 그 안에 편의점 물건이랑 큼직한 지갑을 넣고 걷다가, 책을 사면 책도 비닐봉지에 넣고, 다른 것도 사면 또 비닐봉지에 넣는다. 그러는 사이에 편의점 비닐봉지는 빵빵해지고 손잡이 부분이 가늘게 늘어져 참 없어 보이지만, 그래도 넣을 가방이 없으니까 빵빵해진 비닐봉지를 그냥 들고 걷는다.

언젠가, 그 꼴을 하고 남자친구와 번화가를 걷고 있는데, 문득 그가 나를 물끄러미 쳐다보더니 대뜸 이러는 거다.

"여자 부랑자 말이야, 영국에선가, 거기에선 '쇼핑백 레이디' 그렇게 부르지 않나?"

'편의점 비닐봉지에 짐을 넣어 다니는 너, 여자 부랑자 같아' 하고 은근히 지적질을 하는 것이다. ('은근히'가 아닌가?) 나는 그때 부끄러웠다. 빈손으로 다니고는 싶지만, 부끄러운 건 싫다. 그 뒤로 가방을 들고 다니게 되었다.

그런데 가방이라는 건 들려고 보니 정말 까다로운 물건이다. 들고 싶은 가방과 쓸모 있는 가방은 다르다. 쓸모 있는 가방과 들기 편한 가방은 다르다. 옷에 어울리는 가방과 어울리지 않는 가방은 다르다. 장소에 맞는 가방과 옷에 어울리는 가방은 다르다. 가방의 가격과 수납력은 다르다.

정말이지 가방이란 녀석은 규칙성이 없고 제각각이다. 그리고 제각각이라서 나를 고민에 빠트린다.

예를 들면 이런 거다. 너무 예쁜 가방이 있는데, 엄청 비싸지만 (14만 엔이라고 치자), 도저히 그냥 지나쳐버리지 못할 만큼 예뻐서, 날 위한 선물이라는 둥 바보 같은 이유를 갖다 붙여서 산다고 하자. 그런데 그 가방에 들어가는 거라고는 담배와 지갑, 손수건, 티슈가 전부다. 안경집이라도 하나 넣으려고 하면 터질 듯이 빵빵해진다. 생리대도 안 들어간다.

또는, 안경집도 생리대도 들어가지만, 내가 가진 어떤 옷과도 어울리지 않는다.

또는, 내가 가진 어떤 옷과도 잘 어울리지만, 결혼식이나 파티 같은 '특별한 날'에는 제구실을 못 한다.

또는, 평상복에도 파티복에도 어울리고, 안경집도 생리대도 들어가지만, 2년쯤 지나면 왠지 유행에 뒤처져 이상하다.

그렇다. 14만 엔을 지불한다 해도 가방은 14만 엔어치의 일을 해결해주지 않는 것이다. 이건 좀 곤란하지 않나요? 나는 더 알기 쉬운 게 좋다. 100그램에 110엔 하는 소고기와 100그램에 5000엔 하는 소고기는 아무리 미각이 떨어지는 사람이라도 느낄 수 있는 차이가 있다. 2만 엔짜리 냉장고와 15만 엔짜리 냉장고의 경우도 성능, 사이즈, 디자인이 다 다르다는 건 누구나 알 수 있다. 15만 엔짜리 냉장고에는 맥주 한 박스밖에 안 들어가는데, 2만 엔짜리가 논프레온에 에너지가 절약되고, 쓰리 도어에 신선 야채 칸, 자동 제빙에다 랩 없이 보존되고 자연해동 기능까지 갖추고 있다면, 곤란하지 않을까요?

신발이나 옷은 가방에 비하면 얼마나 알기 쉬운가. 대형마트에서 산 옷은 대형마트 분위기가 고스란히 느껴진다. 신발은 발이 편한 것과 안 편한 것이 있다. 신지도 못하는 5만 엔짜리 하이힐도 있지만, 그거야 내 발가락이 무지외반증이니까 그런 거고, 1000엔짜리 운동화

보다는 2만 엔짜리 운동화가 훨씬 더 편하고 오래 신는다. 물론 운동화는 가방처럼 결혼식이나 파티에는 어울리지 않고, 옷도 맞춰 입어야 하지만, 그래도 편한 발, 디자인, 튼튼함을 생각하면, 뭐 이 정도면 괜찮아, 하고 용서해줄 수 있다. 어차피 14만 엔짜리 운동화 같은 건 없으니까.

그렇다. 다들 자신의 개성과 분수를 알고, 고객 앞에 진열되어 있다. 오직 가방만이, 가방만이 무질서하고 제각각이고 제멋대로다.

친구들을 보면 다들 온갖 종류의 가방을 가지고 있어서, 이 옷에는 이거, 소지품이 많은 날은 이거, 파티에는 이거, 멋 부리고 싶은 날은 이거, 그렇게들 골라 드는 모양이다. 편의점 비닐봉지 출신 여자가 보기에는 가방을 저렇게 오냐오냐해도 되는 건가 싶다.

가방을 들고 다니게 된 뒤로 나는 '유일가방주의'를 고수하고 있다. '주의'라고 하면 너무 거창한가? 온갖 종류별로 갖춰놓을 만큼의 센스와 애정이 없다는 뜻일 뿐이지만, 어쨌든 유일가방주의다. 가방 하나로 모든 것에 맞춘다. 어디든 들고 간다. 뭐든지 넣는다. 유행도 계절도 타지 않는다. 이런 나의 혹사를 견뎌낼 수 있는 잡초

같은 가방이 아니면 사지 않는다.

지금 갖고 있는 유일가방은 정사각형 모양이어서 뭐든지 들어가긴 하지만, 아무래도 오래 써서 그런지 너덜너덜해졌다. 게다가 요즘 짐이 많아져서 (책을 들고 다니는 일이 많아졌다) 이것저것 다 들어가지는 않는다. 그래서 가방을 사기로 했다. 이 결심이 벌써 반년하고도 조금 더 됐다. 그때부터 디자인이 내 취향이고, 수납력은 지금 것보다 더 좋으며, 어디든 어울리고, 유행도 계절도 타지 않는 그런 유일가방을 찾아 헤맸고, 길고 긴 시간이 흘렀다.

그저께, 우연히 들른 가게에서 '어머!' 하고 나의 새로운 유일가방이 될 수 있을 것 같은 가방을 발견했다. 가방 찾는 데 정말이지 질려 있었기 때문에 냉큼 샀다. 59000엔이었다. 비싼지 싼지는 잘 모르겠다. 신발이라면 꽤 비싼 것 같아도 비싼 만큼 제구실을 해줄 테니까 '뭐, 적당하네' 하고 생각할지도 모른다. 하지만 가방이란 건 하도 제멋대로여서, 얼핏 적당해 보여도 다이소 물건보다 쓸모없을 때도 있다.

어쨌거나 물건은 엄청 넣을 수 있게 되었다. 저번 가방은 책 네 권을 넣으면 터질 것 같았는데, 새 가방은 여섯 권을 넣어도 멀쩡하다. 뭘 한다고 책을 여섯 권이나 넣어 다니는지는 모르겠지만, 넣어야 할 물건을 넣을 수 있으니 고맙다. 그렇긴 한데, 여섯 권을 넣으니 무지하게 무거워져서, 들고 다니다 보면 왠지 짜증이 난다. 많이 들어간다는 건 그만큼 가방이 무거워진다는 사실을 그제야 깨달았다. 가방은 이렇다니까 정말.

그건 그렇고, 꽤 오래전에 TV에서 심리 테스트 같은 걸 한 적이 있는데, 주제가 가방이었다. 보기 셋 중에 하나를 고르는 문항이 여러 개 이어졌다. 예를 들면, 가방은 몇 개 정도 갖고 있나? ①안 쓰고 오래된 것도 버리지 않고 갖고 있다 ②시간, 장소, 상황에 맞춰 갖추고 있다 ③한두 개로 번갈아가며 쓴다. 어느 정도 주기로 가방을 새로 사나? ①거의 안 산다 ②마음에 드는 것이 있으면 산다 ③거의 충동적으로 자주 산다. 그런 식이다.

그 심리 테스트의 결론이라고나 할까, 가방이 무엇을 의미하는가 하면 바로 이성이었다. 가방을 척척 사는 사람은 이성도 척척 받아들이고, 안 쓰는 가방도 못 버리는 사람은 과거의 연인을 잘 못 잊는다, 라나 뭐라나, 뭐 그런 내용이었다. 그것에 비춰보면, 유일가방주의인 나는 매우 이상적인 여성이라는 생각이 든다.

## 공백 330엔

사람을 기다리는 게 싫다. 3분도 기다리고 싶지 않다. 15분이나 30분은 있을 수 없는 일이다.

내 시간이 쓸데없이 줄어든다, 라는 이유라기보다는 신경이 쓰여 견딜 수가 없기 때문이다.

나는 나 자신도 질릴 만큼 걱정이 많은 성격이다. 약속 시간에 늦을까 봐 걱정이 돼서 (상대방이 나를 걱정할지도 모른다는 걱정) 나는 대개 상대방보다 먼저 약속 장소에 도착한다. 20분쯤 일찍 도착하는 경우는 흔하다.

걱정이 없는 사람은 20분이나 일찍 도착하면 주변을

산책이라도 하겠지만, 나는 걱정이 많기 때문에 (길을 잃어버릴지도 모른다는 걱정) 약속 장소에서 바보처럼 가만히 기다린다.

약속 시간이 돼도 상대방이 나타나지 않으면, 먼저, 혹시 장소를 착각한 건 아닐까 하고 걱정한다. 수첩을 꺼내 약속 장소가 맞는지 확인하고, 수첩에 아무것도 쓰여 있지 않으면 기억을 더듬어 정확한 장소를 생각해 내려고 한다. 생각이 잘 안 나면 작업실에 전화해, 음성 메시지가 녹음되어 있는지 들어본다. 혹시나 내가 약속 장소를 착각하는 바람에 상대방이 지금 이 순간에 다른 곳에서 나를 기다리며 '약속 장소를 잘못 알았나?' 하며 걱정할지도 모른다는 생각이 들면 식은땀이 흐른다.

이것이 내가 누군가를 기다리는 3분의 시간이다. 상대방이 3분 동안 나타나지 않으면 나는 이만큼의 생각으로 괴로워한다.

약속 시간에서 5분이 지나면, 날짜를 착각한 게 아닐까 걱정한다. 또다시 수첩, 기억, 음성 메시지 순으로 한 차례 돌고 난 다음, 상대방의 전화번호를 알고 있으면 휴대폰 화면 위에 떠 있는 번호를 가만히 바라만 본다.

왜 전화를 걸지 않는가 하면, 지금 지하철 안에 있는 게 틀림없어, 지하철 안에서 휴대폰이 울리면 곤란할지도 몰라, 이런 걱정을 하기 때문이다.

약속 시간에서 8분이 지나면, 대개 이쯤에서 한 번 폭발한다. 걱정하다 지친 나머지, 다른 각도에서 사태를 파악하려고 애를 쓴다. 사람을 기다리게나 하고 말이야, 나도 (난폭한 일인칭으로) 바쁜 사람이거든! 점심도 서서 먹는 소바로 때우고 왔는데, 여기서 멍청하게 서 있을 8분이 있으면 에세이 한 편은 쓸 수 있다고 (사실은 못 쓴다), 내 공백의 8분, 갚으란 말야!! 이렇게 화가 불끈불끈 치민다.

하지만 이런 분노는 2분 정도밖에 이어지지 않는다. 10분쯤 지나면 '혹시 사고…' 하고 또다시 걱정스러운 마음으로 돌아간다. 10분이나 늦다니, 사고를 당한 게 틀림없어, 지하철에서 인명 사고가 나서 열차가 멈췄다면 분명 안에서 안절부절못하고 있겠지, 화장실에 가고 싶은 걸 참고 있을지도 몰라. 최악의 경우엔, 택시를 타고 오다가 교통사고를 당한 걸까, 아니면 걸어가다가 무슨 일이 생겼다면… 하고 걱정은 망상처럼 꼬리에 꼬리를 물고 이어져, 그곳에 가만히 서 있기가 힘들어질 정도다.

전화를 거는 건 대략 이 시점이다. 하지만 하필이면 이럴 때 전화 연결이 안 될 때가 많다. 이동 중일 거라고 예상은 하지만, 전화를 받지 않으면 나는 거의 공포에 사로잡히고 만다.

15분이나 지나면, 그때까지 머릿속에 떠오른 온갖 것들(장소 착각, 날짜 착각, 분노, 사고)이 한꺼번에 밀어닥치고, 거기다 약속과 관련된 지금까지의 모든 실수들이 하나하나 떠오르면서 몸 상태가 점점 안 좋아진다.

나는 마감할 원고 수가 일정 정도를 넘어서면 머릿속의 나사가 살짝 풀리고, '18일 14시'라고 수첩에도 써넣고 또 입으로도 그렇게 중얼중얼하면서도, 막상 18일 오후 4시에 약속 장소로 향하는 실수를 한다. 지금까지 몇 번이나 그런 실수로 상대방에게 큰 폐를 끼쳤다. 그때의 오싹한 느낌이 지금도 생생하다.

어쩔 수 없는 이유로 내가 상대방을 기다리게 하는 쪽이 됐을 때도 역시 마찬가지의 걱정과 공포와 몸 상태의 악화를 느낀다. 벌써 약속 시간이 다 됐는데도 아직 지하철 안에 있을 때는, 상대방이 걱정하거나 화를 내진 않을까 걱정이 돼, 위가 따끔따끔 쓰려오고, 과장이 아니라 정말로 눈앞이 흐릿해진다. 전화로 늦는다고 연락을 해도, 상대방의 시간을 낭비했다는 죄책감에 사로잡혀 차라리 도망이라도 치고 싶어진다.

정말 놀라운 건, 남을 기다리게 하는 걸 전혀 아무렇지도 않게 생각하는 부류의 사람이 있는데, 그런 사람은 자기가 기다리는 것도 전혀 아무렇지 않게 여긴다는 것이다. 기다리는 것에 개의치 않기 때문에 기다리게 하는 것에도 개의치 않는 것일 테다. 진심으로 부럽다.

며칠 전, 오후 1시에 약속이 있어서 언제나처럼 걱정이 많은 나는 1시 20분 전에 약속 장소에 도착했다. 그리고 가만히 기다리고 있는데, 1시가 돼도 1시 5분이 돼도 상대방이 오지 않는 것이다.

나만큼 기다리는 걸 싫어하면, 어떤 직감이 작동하게 된다. 상대방이 그냥 늦는 건지, 아니면 뭔가 잘못돼서 오지 않는 건지, 확증은 없지만 왠지 알 수 있다. 후자의 경우, 약속 장소인 그 동네가 왠지 낯설게 느껴진다. 아, 이 동네 좀 어색하네, 하는 생각이 들면 대개는 뭔가 잘못된 거다.

그때도 그런 느낌이었다. 10분이 지나고 15분이 지나도 상대방은 오지 않고, 동네는 낯설고 어색하다. 전화를 걸어봤지만, '전원이 꺼져 있거나 전파가 닿지 않는 곳에…' 라는 음성 메시지가 흘러나올 뿐이다.

뭔가 착오가 있었던 게 틀림없어, 약속 시간이 오후 2시였나 봐, 내가 착각했는지 상대방이 착각했는지는 모르겠지만, 어쨌든 1시가 아니고 2시인가 보네. 아무 근거도 없지만 직감으로 그렇게 믿고 나는 자리를 떠나 동네를 돌아다녔다.

그다지 익숙하지 않은 그 동네는 길가에 큰 서점이 있고, 서점 한쪽 구석에는 통유리창이 크게 나 있는 카페가 있었다. 시간 때우기에 제일 좋은 장소는 서점이다. 나는 서점을 구석구석 찬찬히 둘러보며 느긋하게 돌아다니다가, 책 한 권을 사서 카페로 갔다. 두유를 넣은 330엔짜리 아이스커피를 사 들고 구석 자리에 가서 책을 펼쳤다.

몇 줄 읽다가 고개를 들고 유리창 너머로 동네를 바라보았다. 날씨는 화창하고, 회사원과 학생들이 웅성거리며 걷고 있다. 강렬한 햇살에 동네도 사람도 하얗게 빛나고 있다. 공백이다, 하고 나는 생각했다.

테이블 위에 놓인 두유 아이스커피를 가만히 바라보며, 이런 공백과 꽤 오랫동안 인연이 없었구나, 하는 생각이 새삼 들었다. '바쁘다'라는 말을 제일 싫어했는데도, 나는 이삼 년 전부터 하루하루 머리가 띵하게 저려올 만큼 바빴다. 나의 바쁨이란, 작업실에 늘 틀어박혀 있다가, 밖에 나가더라도 은행, 관공서, 병원, 슈퍼마켓 같이 반경 500미터 안에서 왔다 갔다 할 뿐인 바쁨이어서, 여태껏 '두유 아이스커피'라는 게 세상에 있다는 것조차 몰랐다.

책을 읽어도 늘 침대 위, 부엌, 욕실 중 어느 한 곳일 뿐이어서, 이런 분위기의 카페에서 햇살에 책장을 하얗게 물들여가며 글자를 따라 읽는 것도 꽤 오랫동안 하지 못했다.

생각해보면 불과 사오 년 전만 해도 놀랄 만큼 한가했다. 여름날 오후 한두 시쯤 더위 때문에 일하기 싫어지면, 자전거를 타고 조금 떨어진 온천에 가서 자쿠지 욕조에도, 습식 사우나에도, 폭포물 욕조에도 하나하나 들어가보고, 열탕과 냉탕에 대여섯 번은 번갈아 들어갔다 나왔다 했다. 해가 뉘엿뉘엿 넘어가려 할 때쯤 다시 자전거를 타고 상점가를 돌아다니다가 생선 가게에서 고민고민하며 고른 생선회를 조금 사고, 술 가게에서 차가운 맥주를 사 와 방에서 저녁놀을 바라보며 저녁 식사와 함께 한 잔 하기도 했다. 혼자서 수영장에도 갔다. 아이들 틈에 끼어 구청 수영장에서 수영을 하고, 이상한 냄새가 나는 한쪽 바닥에 드러누워, 깜짝 놀랄 만큼 높은 하늘을 바라보기도 했다. 머리카락에서 물이 뚝뚝 떨어지는 채로 수영장 앞 구멍가게에 가서 라무네를 사 마신 적도 있었다.

모든 것이 공백이었다. 공백투성이의 하루하루였지만, 불안하지도 초조하지도 않았다.

두유 아이스커피가 있다는 것도 모를 만큼, 햇살을 받으며 하얗게 빛나는 책장이 그리워질 만큼, 왜 이렇게 나는 바빠진 걸까. 나도 잘 모르겠지만, 그때의 공백이 지금 내게 주어진다 해도 이제는 결코 예전처럼 즐거워하지도, 재미있어 하지도 않겠지.

유리창 너머로 시간은 나를 두고 가버리고, 카페의 공기는 떠다니는 먼지처럼 천천히 가라앉고, 태양은 반짝이는 하얀 페이지 위의 글자를 감춘다. 이런 함정 같은 공백은 정말 좋구나, 하고 나는 두유 아이스커피를 마시며 생각했다.

그렇구나. 걱정→분노→걱정→공포로 이어지는 기다림의 시간이 지나면 이런 공백으로 이어지는 거구나.

2시 5분 전에 카페를 나와, 다시 조금 전의 약속 장소로 갔다. 몇 분 후에 무사히 상대방이 나타났다. 어느 한쪽이 시간을 착각한 모양이다. 근데 약속 시간이 진짜 몇 시였지? 역시 또 내가 실수한 건가? 하고 걱정이 되어 다음 날, 약속을 정할 때 주고받은 이메일을 확인해보니, 상대방이 보내온 이메일에는 오후 1시라고 되어 있었다. 하지만 나는 시간을 착각한 그에게 감사하고 싶은 기분이었다. 왜냐하면 그런 일이라도 없으면 이제는 가질 수 없는 소중한 공백의 시간을 가졌기 때문이다.

5분, 10분 늦을 바에야 차라리 한 시간쯤 늦으면 좋겠다. 요즘은 그런 생각을 한다.

## 상상력 1000엔

1년 전의 어느 날이다.

밤 12시쯤, 술집을 나와 집으로 가고 있는데, 역 앞에서 어떤 아주머니가 날 불러 세웠다.

"저기, 정말 미안한데요…" 하고 아주머니가 말했다. 친구를 믿고 시골에서 올라왔는데 그 친구가 집에 없다, 만날 수 있을 거라고 생각해 올라오는 차비만 들고 왔다, 이렇게 밤이 너무 늦어 전화도 안 된다, 심야 레스토랑에서 밤을 새우며 기다릴 생각이다…, 그렇게 아주머니의 이야기는 계속되었다.

아하, 심야 레스토랑이 어딘지 가르쳐달라는 말이구

나, 라고 생각한 나는 "저 모퉁이를 돌면 바로 로열 호스트 레스토랑이…" 하고 말하는데 아주머니의 이야기는 계속 이어졌다.

심야 레스토랑에서 밤을 새우려는데 커피값이 없다, 그러니 돈 좀 빌려주면 안 될까, 라는 것이다.

나는 물끄러미 아주머니를 쳐다보았다. 도쿄에서, 아니 일본에서, 돈 줘, 하고 말하는 사람을 처음 봤다. 그런데 이 아주머니는 딱히 추레하다거나 보기에 이상한 사람 같진 않고, 오히려 멀쩡한 옷차림의 사모님 같은 느낌이다. 그리고 정말로 곤경에 처한 모습이다.

나는 아주머니의 말을 믿었다. 실제로 늦은 밤이기도 했고, 밤 12시가 넘어서 평범한 사모님이 길거리를 헤매고 있는 데는 어쩔 수 없는 사정이 있을 거라고 생각했다. 그래서 친절하게 "아주머니, 저쪽에 파출소가 있어요" 하고 아주머니의 팔을 끌고 파출소로 향하려고 했다. 파출소까지는 30초도 안 걸린다. 그런데 이 아주머니, 파출소란 말을 듣더니 몸이 빳빳해졌다. 사정이 있어서 파출소엔 못 가요, 하는 거다.

그때, 어떤 스토리가 내 머릿속에 그려졌다. 나는 무엇보다 그 스토리를 믿었다. 그리고 이 사람을 도와줘야 한다는 생각이 들었다.

"그럼 이거 커피값 300엔이에요. 드링크 바에서 몇 잔이든 계속 마실 수 있어요."

나는 지갑을 열어 300엔을 내밀었다.

"아무래도 1000엔은…."

모기 우는 듯한 목소리로 아주머니는 말했다.

그건 그래. 돈이 간당간당하면 불안하겠지. 그렇게 생각하고 1000엔짜리 지폐를 건네며 "심야 레스토랑은 저쪽 모퉁이에요, 모퉁이를 돌아서 오른쪽이에요, 아시겠죠?" 하고 분명하게 알려주고 집으로 왔다.

그때 내가 생각한 스토리는 이렇다.

아주머니는 나가노 혹은 그 근방 어딘가에서 완행열차를 타고 이 동네까지 도망쳐왔다. 뭘 피해 도망쳐온 걸까? 가정 폭력 남편을 피해서다. 아주머니가 돈이 없는 이유는 남편이 경제권을 쥐고 있기 때문이고, 경찰을 무서워하는 건 남편이 실종 신고를 했을까 봐 불안하기 때문이다. 남편이 잠깐 방심한 틈을 타, 평소 옷차림 그대로 도망친 게 분명하다. 그러니 믿고 있던 친구에게 미리 연락할 수도 없었고, 그 친구도 설마하니 아주머니가 온다고는 생각지도 못한 채 외출한 것일 테다.

나는 1000엔으로 아주머니를 가정 폭력으로부터 구출했다. 그렇게 생각했다.

나중에 친구들에게 이 이야기를 하니, 거의 대부분 "바보 아냐?" 라고 했다. "그 아줌마 말 뻥이잖아, 잘도 1000엔이나 주고 왔네" 라고도 했다.

하지만 그 아주머니는 진짜 평범한 사람이고 정말 곤경에 빠진 것 같았단 말야, 라고 해도 "바보 아냐?" 라는 말만 돌아왔다. 하는 수 없이 나는 '그때 문득 머릿속에 떠오른 가정 폭력 스토리'를 들려주었지만 여전히 돌아오는 말이라곤 "바보 아냐?"뿐이었다.

그래도 난 내가 믿은 걸 했어, 라며 나 자신을 믿었다. 아주머니의 행운을 빌기까지 했다. 폭력 남편에게서 무사히 도망칠 수 있기를… 평범한 삶을 살 수 있기를… 등등.

그리고 1년 후, 바로 얼마 전의 일이다. 기온이 33도나 되는 어느 여름날, 풍경이 아른아른 흔들려 보이는 오후 시간. 나는 볼일이 있어 역으로 서둘러 걷고 있었다. 그런데 어느 아주머니가 나를 불러 세웠다.

"저기요… 미안한데 지금 정말 곤란한 사정이 생겨서…" 하고 아주머니가 말을 꺼냈다. 길을 묻는 거겠지 생각하고 (사람들은 자주 나한테 길을 묻는다) 이야기를 듣고 있는데, 뭐, 말 안 해도 아시겠죠? 1년 전에 들었던 것과 똑같은 이야기를 시작하는 게 아닌가.

친구를 믿고 집을 나왔는데 연락이 안 된다, 돈이 없다…………………….

나는 아주머니를 물끄러미 쳐다보았다. 1년 전은 밤이어서 이제는 잘 기억도 나지 않지만, 분명히 동일 인물 같다는 기분이 들었다. 멀쩡하게 차려입은 옷차림, 지극히 평범한 아주머니, 분명 동일 인물이라고밖에 생각할 수가 없다.

그때 나를 덮친 감정은 엄청난 분노였다.

나는 당신이 나가노인가 어딘가에서 허둥지둥 도망쳤다고 생각해서 1000엔을 줬던 거야. 폭력 남편에게서 벗어나 편안한 삶을 보내길 기도까지 했는데. 그런데, 그런데, 또 1000엔을 달라고 하다니, 도대체 어떻게 된 거야!

스토리는 내 맘대로 지어낸 거긴 하지만, 날 속이다니! 너무나 분했다. 역 앞에는 파출소(1년 전 아주머니를 데려가려 했던 바로 그 파출소)가 있으니까 아주머니의 손목을 붙잡고 끌고 갈까도 싶었다. 그렇게 하지 않은 이유는 단지, 시간이 없었기 때문이다. 나는 아무 말 없이 아주머니를 무시하고 서둘러 개찰구로 갔다.

지하철 안에서 나는 또 다른 스토리를 만들어야 했다. 그렇게 하지 않으면 도저히 이 사실을 받아들일 수가 없었다.

그 아주머니는 지극히 평범한 집에서 지극히 평범한 남편과 사는 여자인데, 지독한 구두쇠여서 저렇게 길거리에서 돈을 구걸하고 있다. 그게 아니면, 정신이 살짝 오락가락하는 아주머니로, 돈을 어떻게 쓰는지도 모르면서 오로지 돈에만 집착한다.

음… 가정 폭력으로부터의 도망만큼 설득력 있는 스토리가 떠오르지 않는다.

그건 그렇고, 그렇게 받은 돈은 대체 어디에 쓰는지 궁금하다. '구걸 저금통' 같은 걸 만들고, 모르는 사람에게 돈을 뜯어내 언젠가 하와이에 가는 게 꿈인 걸까? 저렇게 쪼잔하게 돈을 얻어서 마당에 구멍이라도 파고 모으는 걸까? 그게 아니면, 고등학생 아들에게 용돈이라도 주려는 건가? 내일 먹을 빵이라도 무덤덤하게 사는 걸까?

그 후 보름이 흘렀지만 나는 아직도 화가 난다. 다음

번에 만나면 그 아주머니를 붙잡아 파출소로 끌고 갈 생각이다. 그냥 내버려두면 오늘도, 나처럼 상상력이 풍부한 (풍부하긴 해도 진부한 상상밖에 못 하는) 누군가가, 아주머니의 하와이 여행비든 아들 용돈이든 그런 데에 쓸데없는 투자를 하게 될 테니까.

그런데 이상한 건 내 외모다.

1년 전에는 밤길을 걷고 있던 사람이 나밖에 없었지만, 얼마 전에는 엄청나게 많은 사람들이 역 주변을 걷고 있었다. 그런데 지나가는 그 수많은 사람들 중에서 아주머니는 곧장, 한 치의 망설임도 없이 내게 다가와 말을 걸었다. 이건 대체 무슨 의미일까. 엄마에게 말하니 이런 말을 들었다.

"바보 같은 상상이나 하면서 1000엔을 턱 하니 줄 것 같은 얼굴로 걷고 있었겠지."

그랬었나.

## 휴대폰 26000엔

휴대폰을 별로 좋아하지 않는다. 사실 얼마 전까지만 해도 갖고 있지 않았다. 그런데 휴대폰이 없으면 사람들은 뭔가 특별한 원칙이 있어서 그러는 거라고 여긴다. 그리고 "왜 안 가지고 다녀요?" 하고 그 원칙이 뭔지 묻는다. 그게 귀찮아서 하나 갖기로 했다. 확실히 편리하다. 편리하지만 좋아하지는 않는다.

요즘 휴대폰은 카메라가 붙어 있다. 내 휴대폰에는 없다. 그런데, 휴대폰 카메라로 찰칵찰칵 사진 찍는 사람들을 보면 부럽다. 나는 타고나기를 따라쟁이인 것 같다. 그래서 휴대폰을 싫어하는 주제에 카메라 기능이 있는 휴대폰을 사러 갔다. 얼마 전 주말의 일이다.

거의 모든 휴대폰에 카메라가 달려 있었다. 화소 수가 디지털카메라 못지않다. 일본인은 정말 카메라를 좋아하는 것 같다. 지금까지 이곳저곳 여행 다니는 동안 외국 사람들에게 "일본인들은 정말 사진 찍는 걸 좋아하네요" 라는 말을 들은 게 한 120번 정도는 된다. 그런 말을 하는 사람은 꼭, 사진 찍는 일본인을 살짝 바보 취급한다. 바보 취급까진 아니더라도, 재밌네, 웃기네, 하고 생각한다. 그런 말을 들을 때마다 울컥한다.

그런데 휴대폰 매장에 와보니까 나도 알겠다. 일본인은 그 외국인들 말대로 정~말 사진 찍는 걸 좋아한다. 왜냐하면 휴대폰에 다는 게 꼭 카메라일 필요는 없지 않나? 미니 청소기도 좋고, 면도기도, 속눈썹 뷰러도, 손전등도 좋잖아. 그런데 하필이면 카메라인 것이다.

대부분의 일본인들처럼 나도 사진 찍는 걸 좋아하기 때문에, 화소 수가 많고 제일 세련돼 보이는 것으로 샀다. 26000엔이었다.

그날 밤늦게 집에 오자마자 나는 새로 산 휴대폰을 꺼내 카메라 사용법을 익혔다. 시험 삼아 문자도 보내보고, 배경화면도 바꿔보고, 벨소리도 골랐다. 시간이 후

딱 지나, 정신을 차려보니 새벽 3시였다. 새벽 3시가 됐는데도 아직 설정해야 할 것들이 많이 남아 있었다. 항상 11시에 자는 나는 졸리는 눈을 비비며 사용설명서를 뒤적이고, 조그만 기계를 톡탁톡탁 만지작거렸다.

그때 나는 일종의 감명을 받았다. 휴대폰이라는 거, 정말 대단하구나, 하고 생각했다.

수년 전 세상에 등장해 눈 깜짝할 사이에 사람들 속으로 침투한 이 작은 전화기는 우리가 한가하다는 걸 잊게 만든다.

나는 우리 대부분은 매우 한가한 사람들이라고 생각한다. 아무리 바쁘다고 말해도, 정작 꼭 해야 할 일은 별로 없어서 심심해한다고 생각한다. 이번 달에 스물여덟 건의 원고 마감을 앞두고 있어서, 시간이 없네, 마감 못 지킬 거 같은데, 하고 말하는 나 또한 본질적으로는 한가하다고 생각한다.

그리고 우리는 한가함을 무엇보다 두려워한다. 한가하고 따분하고 할 일이 없다는 건 치명적이다. 내가 내 자리에 있어야 할 의미가 송두리째 사라져버린다는 말이다. 우리는 그걸 두려워한다.

그런데 그 두려움을 휴대폰이 잊게 해준다. 단지 초

기 설정을 하고 시험 삼아 문자를 보내는 것으로 시간을 때운다는 의미가 아니다.

나만의 전화기를 갖고, 그것과 연결되는 단 하나의 번호를 갖고, 나만의 벨소리를 고르고, 배경화면도 바꾸고, 스트랩 같은 것도 골라보고, 마치 신분증처럼 전화기를 꾸미고, 그렇게 꾸민 신분증으로 누군가와 이야기를 나누고 편지를 주고받는다. 이런 일련의 행위들이, 우리는 한가하지 않다고 착각하게 만든다. 넌 한가하지 않아, 그러니까 괜찮아, 하고 이 작은 전화기는 기특하게도 우리를 안심시킨다.

내가 철이 든 뒤로 지금까지, 사람들이 한가함을 느끼지 못하도록 여러 가지 소도구들이 등장했다. 비디오 플레이어가 그렇고, 워크맨이 그렇고, 각종 게임기가 그렇고, 편의점이 그렇고, 만화방이 그렇다. 하지만 휴대폰이야말로 한가함을 느끼지 못하게 하는 최고의 소도구라고 생각한다.

휴대폰은 텅 빈 방을 연상시킨다. 개성도 없고, 창도 인기척도 없는 휑한 방. 그렇게 아무것도 없음에 두려움을 느낀 나머지 우리는 자신만의 가구를 들이고, 소품을 고르고, 취향에 맞는 분위기로 꾸민 다음, 방문을 쾅

닫는다. 자기만의 방에서 우리는 혼자가 된다. 그 방은 창문도 없고 밖으로 연결되는 도구도 없지만, 그래도 일단 한동안은 마음이 편하다.

지금 쓰고 있는 이 글이 휴대폰에 대한 비판은 아니다. 그저 내가 받은 인상일 뿐이다. 한밤중까지 휴대폰을 설정하는 동안 나는 정말 즐거웠다. 즐겁다, 라고 느꼈다는 것에 깜짝 놀랐다.

누군가와 연결된다, 이런 식의 표현이 아주 일반적으로 쓰이게 된 건 휴대폰이 등장하고 나서부터다. 이 '연결된다'라는 말은 단지 '전화가 연결된다'는 의미가 아니다. '서로 통한다', '서로 이해한다', '함께 있다'는 의미인데, 이런 말이 널리 쓰이기 시작한 건, 휴대폰이 사실은 우리를 작은 방 안에 혼자 가둬놓기 때문일 것이다. 누구와도 연결될 수 없는 곳에.

그렇게 생각하니, 휴대폰에 달린 것이 미니 청소기도, 손전등도 아닌 카메라인 게 이제야 이해가 간다. 이 작은 카메라는 우리들 하나하나의 눈높이에서 셔터를 누르고 있으니까.

요즘 부쩍 친해진 동네 길고양이의 사진을 찍으며 좋아하고, 스트랩을 고르며 즐거워하고, 새 휴대폰으로 누군가가 연락해줄 때마다 기뻐하는 나 역시 한가함을 두려워하고 있다.

앞으로도 분명, 우리는 한가하지 않아, 라고 더더욱 착각하게 만드는 뭔가가 계속 등장할 것이다. 그것이 어떤 폐해를 불러일으킬지, 아니면 어떤 행복을 가져다줄지 나는 모른다. 남들이 하면 금세 따라 하는 성격의 나는 여전히 주위 사람들을 보면서 새로운 뭔가를 또 사거나 찾아다닐 것 같다. 하지만 무엇이 어떻게 나를 속일지라도, 나는 철저하게 한가하다는 사실을 잊지 말자, 하고 때때로 마음을 다잡는다.

## 알약 1500엔

내가 생각해도 무섭다 싶을 만큼 나는 성격이 급하다. 이렇게 성격 급한 인간을 그냥 내버려둬도 괜찮을까 싶을 때도 있다. 이런 급한 성격에도 큰 말썽 없이 평온하게 살아가고 있는 건 그나마 성격은 급해도 소심한 성격과 타고난 울상인 내 외모 덕분인 것 같다.

아무리 화가 치밀어도 소심한 탓에 대개는 분노를 말로 표현하지 않는다. 게다가 분노가 정점에 다다르면 하필 그때 눈물이 나온다. 뭘 항의하려 해도 우는 얼굴로는 분노라는 게 제대로 전달되지 않는다. 상대방에게 위협을 주지도 못한다.

얼굴로 분노를 표현하는 것도 내게는 무리인 것 같다. 말없이 분노를 전달하려고 째려보거나 부루퉁해 있어도 "어디 불편하세요?" 라는 말을 듣는 게 고작이다.

그런 이유로 이렇게 급한 성격에도, 평온 무탈하게 살아올 수 있었던 것 같다.

그런데 이 급한 성격이 정말로 나를 피곤하게 한다. 나는 될 수 있으면 화를 내지 않고 살고 싶다. 그래서 내 급한 성격을 매일매일 지켜보려고 하고 있다. 뭔가에 욱할 때, 이 분노가 옳은 것인가, 옳지 않은 것인가, 찬찬히 (한 시간에서 사흘 정도) 생각한 다음, '옳다'라는 마음이 들었을 때만 화를 내자, 그렇게 마음을 먹었다. 급한 성격이긴 해도, 내성적으로 급한 성격인 것이다.

예를 들면, 최근에 욱했던 일.

생선 가게에 꽁치를 사러 갔을 때다. 스티로폼 아이스박스 안에 꽁치가 가득 채워져 있었다. 꽁치를 사려는 사람은 매대 맞은편에 있는 아저씨에게 필요한 마릿수를 말하고 싸달라고 한다. 그날은 꽁치를 먹기로 마음먹었기 때문에 꽁치 줄에 서서 기다렸다.

내 앞에 어떤 엄마와 아들이 있었다. 일곱 살쯤 되는 남자아이와 아이의 엄마다. 이 모자가 살 차례가 되어,

아이가 스티로폼 박스 안의 꽁치를 하나하나 뜯어보기 시작했다. 주둥이가 노랗고 눈알이 탁하지 않은 게 싱싱하다는 말을 어디서 주워들었는지, 열심히 고른다. 고르고 고르더니 "일단 이거요" 하고 한 마리를 아저씨에게 싸달라고 한다. 그러고는 두 마리째를 고르기 시작한다. 그런데 그 시간이 정~말 긴 거다.

나는 원래 기다리는 걸 너무너무 싫어한다. 꼭 필요한 약이 있어서 약국에 가도, 계산대 앞에 줄을 선 사람들만 보면 바로 나와버린다. 역 매표소 앞에 줄이 길게 서 있으면 택시를 타러 간다. 택시 정류장에도 줄이 길면 그냥 걸어간다. 5분 줄 서서 맛있는 음식을 먹을 바에는 줄을 안 서고 맛없는 걸 먹는다.

그런 성격이니만큼, 열심히 꽁치를 고르고 있는 아이를 보고 있자니 부아가 치밀어 오른다. 아유, 꼬마가 참 기특하네, 그런 생각은 하나도 안 든다. 게다가 하필이면 그때 나는 쌀, 간장, 맛술에 맥주까지 넣은 비닐봉지를 손에 들고 있었다.

하염없이 고르고 고르더니 아이는 드디어 두 번째 꽁치를 집었다. 이제 끝났나, 하고 생각하는데, 곧바로 세 번째 선별이 시작되었다. 꽁치는 포기하고 줄이 없는 정육점에라도 가면 되지만, 이미 청귤이랑 무까지 사서 꽁치구이 준비 완료인 상태였다. 나는 기다렸다. 쌀, 간장, 맛술, 맥주, 그 밖의 것들을 손에 든 채, 인내심을 갖고 기다렸다.

그런데 세 마리째가 좀처럼 골라지지 않았다. 내 뒤에도 꽁치를 사려는 사람들이 길게 줄지어 서 있었다. 이쯤 되자 생선 가게 아저씨도 길게 늘어진 줄이 신경 쓰이기 시작했는지, 부드럽게 아이에게 말했다. "얘야, 네 뒤에 사람들이 백 명이나 기다리고 있어" 하고 농담식으로. 그래, 그래, 네 뒤에 아줌마(나)는 이렇게 무거운 짐까지 들고 기다리고 있다고, 하고 나는 속으로 맞장구쳤다. 그런데 그때, 아이 엄마가 이렇게 말하는 거다.

"괜찮아, 그런 거 신경 안 써도 돼. 천천~히 고르렴."

내 급한 성질이 끓어오른다. 쌀 봉지로 엄마의 머리통을 후려치고 싶을 만큼 분노가 치밀었다.

뭐야! 그런 거? 굽기 전에 손질만 잘하면, 꽁치 같은 건 어지간하면 다 맛있거든! 애한테 사회 체험을 시키려면 바닷가 항구나 데려가면 될 거 아냐! 이렇게나 사람들이 줄을 섰는데, 주둥이가 노랗고 어떻고 가르치고 있을 때냐고! 그렇게 내 속은 타오르는 숯덩이로 변한다.

아이는 아저씨한테 한마디 주의를 듣고 살짝 패닉이 되는가 싶더니, 금세 엄마의 말에 마음을 놓고 세 번째 꽁치를 고르기 시작했다. 하지만 역시나 빨리 고르지 못하고 낑낑거리다가, 혈관이 터지지나 않을까 걱정이 될 정도로 나와 내 뒤의 손님들을 기다리게 한 다음에야 겨우 한 마리를 골랐다. "아유, 우리 ○○가 고른 꽁치, 정말 맛있겠네!" 하고 칭찬을 퍼붓는 엄마와 함께 포장된 꽁치를 들고 아이는 계산대로 향했다.

타오르는 숯불 상태의 나도 다행히 꽁치를 살 수 있었지만, 불붙은 분노는 사그라지지 않고, 저런 엄마가 문제야, 저런 교육이 문제라고, 아니지, 툭하면 TV에 꽁치 고르는 법이 나오니까 저러는 거잖아, 갈치 고르는 법도 있고 삼치 고르는 법도 있는데 왜 맨날 꽁치만 갖고, 색깔이 어떻고 눈알이 어떻고 해마다 떠들어대는 거냔 말이야! 등등 상관도 없는 것까지 줄줄 끄집어내며 분개하다가 집으로 돌아왔다. 그리고 그 인간들 때문에 뜨뜻미지근해진 맥주를 한 모금 홀짝이다 문득 생각했다.

'또 화를 내버렸네.'

그리고 묵묵히 저녁 식사(꽁치와 된장국, 우엉조림,

톳을 넣은 달걀말이, 피망멸치볶음)를 준비하며 반성하기 시작했다.

생선 가게에서 혈관이 터질 것 같이 치솟았던 내 분노는 옳은 것이었나?

옳지 않다는 생각도 들었다. 아이가 꽁치를 고르고 싶어 했으니까 고르게 하면 되는 거야. 그런 대수롭지 않은 시간이 먼 미래에 그 아이가 곤경에 빠졌을 때 도움을 줄지도 몰라. 아이가 20분을 망설였다고 해도 고작 내 저녁 식사가 20분 늦어질 뿐이잖아. 역시 그런 일로 화를 내는 건 옳지 않아.

하지만 다른 한편으로는 옳았다는 생각도 들었다. 아이는 괜찮아, 골라도 돼. 그런 엄마가 문제야. 시간을 가지고 생선을 고르게 하는 것도 좋지만, '줄 선 사람들은 기다리라고 해' 하고 남들 귀에까지 들리도록 말하는 건 안 되지. 살짝 귓속말로 하든지, 아니면 일단 "죄송합니다" 하고 줄 서 있는 사람들에게 사과라도 했으면 좋지 않았을까. 그런 어리석은 엄마에게 화를 내는 건 옳은 일이야.

저녁 준비가 다 돼도, 식사를 마쳐도, 디저트로 배를 먹어도, 잘 시간이 돼서도, 계속 생각했다. 꽁해서 그런

게 아니라 내 급한 성격을 고치려고 말이다.

이튿날, 나는 친한 친구에게 그 이야기를 했다. 객관적인 판단을 부탁했다. 내 급한 성격을 잘 아는 친구는 이야기를 다 듣더니 가타부타 말도 없이 이렇게 말했다.

"너 혹시 '이라라쿠'라는 약 알아? 안달하는 마음을 싸악 가라앉혀주는 약인데, 고바야시 제약에서 이번에 새로 나왔대. 그거 한번 사서 먹어보는 게 어때?"

이라라쿠. 1500엔이다. 안달이 나지 않게 되는 모양이다. 안달을 싸악 가라앉혀준다고 한다. 성격이 급한데다 성격 급한 것을 고민하는 나는 정말 한번 먹어보는 게 좋을지도 모른다. 1500엔으로 급한 성격을 고친다면 싸게 먹히는 거다.

그런데 언제 먹는 거지? 예를 들어 생선 가게에서 그런 일이 생겼을 경우에, 아이가 첫 번째 꽁치를 고르기 시작한 시점에 먹나? 아니면 세 번째 꽁치? 엄마가 한마디 했을 때? 그것도 아니면 꽁치를 사러 가기 전에? 아냐, 나 같이 성질 급한 인간은 눈 뜨자마자 바로?

그리고, 딱 적절한 순간에 먹으면 나는 모든 것에 '호호호' 웃어넘길 수 있을까? 꽁치를 고르는 아이를 흐뭇하게 바라보며, 30분이든 한 시간이든 맘껏 골라보렴,

하고 생각할 수 있을까? "그런 거 신경 쓰지 마" 라는 엄마의 말을 듣고도 '어머, 참 다정한 엄마구나' 하고 생각하게 될까?

이라라쿠는 정말로 성질 급한 나를 구해줄 구세주일지도 몰라, 하고 생각하면서도 아직 사려 가지 않은 것은 안달의 시스템을 나 자신도 아직 잘 모르기 때문이다. '화를 내는 게 옳은 경우'와 '화내는 게 옳지 않은 경우'의 구별, 즉 '확실히 상대방이 잘못한 경우'와 '짜증을 부리는 나에게 원인이 있는 경우'의 구별이 아직 잘 서지 않는다. 아마 시도 때도 없이 화를 내니까 그런가 보다.

얼마 전의 일이다. 신주쿠를 걷고 있는데, 내 앞을 걸어가던 여자에게 갑자기 어떤 남자가 다가가더니 팔꿈치로 쿡 찌르고 지나갔다. 너무나 눈 깜짝할 사이에 벌어진 일이었고, 남자는 그대로 아무 일도 없었다는 듯이 지나가버렸다. 그 남자는 아마 어딘가 이상한 사람이었을 테고, 그 여자도 그렇게 생각한 듯, 일행인 여자에게 "뭐야 이거, 방금 뭐였지?" 라고만 할 뿐, 남자를 쫓아가서 팔꿈치 찌르기를 앙갚음하려고 하지는 않았다.

상당히 초현실적인 장면이었지만, 이 경우는 '화내는

게 옳을 때'와 '화내는 게 옳지 않을 때'의 알기 쉬운 대조라고 생각한다. 약간 이상한 그 남자는 뭔가 짜증 나는 일이 있었겠지만, 그 짜증의 원인은 전부 자기 자신 안에 있다. 모르는 사람을 팔꿈치로 찌르는 건 백 퍼센트 잘못한 것이다. 그냥 길을 걸어갔을 뿐인 그 여자는 팔꿈치 공격을 당하고 화가 치미는 게 당연하다. 그녀는 그날 온종일, 또는 그 후로도 며칠이나 그때 일이 떠올라 화가 나겠지만, 그 분노는 옳다. '그냥 길을 걷고 있었을 뿐인데도 불쾌한 일을 당할 수도 있다'는 걸 떠올리게 할 것이고, 또 그럴 경우의 대처법도 찾아줄 수 있다. 하지만 반대로, 그 여자가 "괜찮아! 팔꿈치 공격, 좋아, 좋아!" 하고 그냥 받아들인다면, 뭔가 대단히 잘못된 거라고 생각한다.

그게 내 생각이다. 안달하는 나는 이 경우 남자 쪽일까, 아니면 여자 쪽일까. 남자 쪽이라면 이라라쿠를 먹고 싶지만 (반드시 먹는 게 좋다), 여자 쪽이라면 먹으면 곤란하지 않을까, 라는 생각이 든다.

며칠 뒤, 친구가 "이라라쿠 샀어?" 하고 물었다.

"안 샀어" 하고 나는 대답했고, "왜냐하면 다 괜찮다고 받아들이는 건 무섭잖아" 하고 덧붙였다.

"근데 다 괜찮다고 받아들이는 게 그 약의 본래 약효는 아닌 것 같은데…" 하고 친구는 말했다.

하긴 그렇지. 그 약이 도라에몽 굿즈도 아닌데.

"근데 말이야" 하고 나는 화제를 바꾸며,

"이건 어떻게 생각해? 화가 난 내가 옳았다고 생각해? 아니면 잘못했다고 생각해?" 하고 내 급한 성격에 관한 쓸데없는 최신 정보를 시시콜콜 늘어놓기 시작했다.

이라라쿠를 사서 먹는 것보다는, 자그마한 것이라도 분노할 때마다 자신을 돌아보는 게 내게는 먼저일지도 모른다.

물론 이 약이 어떨 때 어떤 효과가 있는지 정확한 지식 없이 이 글을 쓰고 있다는 걸 미리 알려둔다. 왜냐하면 나도 아직 안 먹어봤으니까.

## 항공권 취소 수수료 3만 엔

멕시코 여행을 작년 내내 계획하고 있었다.

왜 그런지 몰라도, 몇 년 전에는 한 달 여행쯤은 아무것도 아니었는데, 지금은 그렇게 하려면 아비규환 상태가 된다. 잡초가 무성한 황무지에 엎드려 풀을 뽑고 정성스레 땅을 고를 때와 같은 정도의 노력이 필요하다.

그래서 작년에, 엎드려 풀을 뽑고 정성스레 땅을 고르며, 한 달의 휴가를 준비했다. 그런데 항공권을 사러 가기 전, 마침 다른 일로 해외에 나갈 일이 생겨 그것부터 먼저 처리하고 멕시코는 내년 이맘때쯤 가기로 마음먹었다.

그래서 올해도 역시 한여름부터 엎드려 풀을 뽑고 정성스레 땅을 고르며, 반짝반짝 빛나는 한 달을 준비했다. 그리고 항공권을 사러 갔다.

지도를 보고, 멕시코 땅 오른쪽 맨 위에 있는 이슬라 무헤레스 섬에서 출발해, 버스를 갈아타고 도중에 내려 멕시코시티로 가는 것으로 대충 여행 코스를 정해놓았다. 티켓은 댈러스 경유 칸쿤행으로 왕복 126000엔.

그런데 나는 신주쿠의 티켓 판매소에 항공권을 사러 가면, 왜 그런지 몰라도 거기 판매원이 늘 내 신변을 걱정해준다.

예전에 밀라노를 경유해 모로코로 한 달 여행을 떠나기 위해 항공권을 사러 갔을 때도 그랬다. "모로코에 아는 분이 계신가요?" 라고 묻길래 "아뇨" 라고 답하자, "혼자서 한 달이나 머무르시는 건가요? 제가 보기에 그다지 여행을 많이 다니시는 편은 아닌 것 같은데, 모로코는 고객님이 상상하시는 곳이 아닐지도 몰라요. 잘 생각해서 결정하시는 편이 좋을 것 같아요" 하면서 표 팔기를 꺼려했다.

이번에도 직원이 "혹시 멕시코에 아는 분이 계신가요?" 라고 묻길래 "아뇨" 라고 답하니, "무슨 일로 가시나요?" 하고 묻는다. "어떤 곳인지 본 적이 없어서 한번 가보고 싶어서요" 라고 하니 직원이 배시시 미소를 지었다. '이게 대체 뭔 소리야?' 라는 느낌의 미소였다. 그래도 어쨌든 항공권은 사게 해주었다 (그야 티켓 판매소니까).

나는 여행을 좋아하지만 이상하리만치 겁이 많다. 비행기도 정말 싫고, 낯선 동네에 가는 것도 무섭다. 몇 번이나 여행을 떠났지만 아직도 무섭다. 혼자서 여행을 다닌 지 벌써 10년이 넘었는데도, 티켓 판매원이 말한 대로 나는 여행이 익숙하지 않다.

무엇보다 내가 두려워하는 건, 뭔지 모를 불길한 예감 같은 거다. 구사일생으로 살아남은 사람이 사고나 재해를 당하기 직전에 "그때 문득 이런 생각이 들었어요" 라고 말하는 경우가 종종 있지 않나? "뭘 까먹은 것 같아 그게 아무래도 마음에 걸렸어요. 그래서 전철을 안 탔는데, 바로 그 열차가 사고가 난 거예요." 이런 이야기, 자주 듣지 않나? 바로 그거다.

그래서 판매 직원이 "괜찮으시겠어요?" 하고 물으면 가슴이 철렁 내려앉는다.

이 사람은 별생각 없이 그냥 괜찮겠냐고 물었겠지만,

이건 불길한 징조인지도 몰라, 모로코 뒷골목에서 강도가 권총을 들이대면 어떡하지, 아아, 그때 그 사람이 괜찮겠냐고 물었던 건 그런 상황을 예견해서 그랬는지도 몰라, 하고 생각하며 움찔한다.

내가 어디 어디로 여행 간다고 하면 이렇게 가슴이 철렁해지는 말을 하는 사람이 의외로 많다. 얼마 전에 여행을 갔을 때도 그랬다. 막 출발하려는데, 친구가 "비행기, 조심해" 하고 지나가는 말투로 말하기에, 나는 언제나 그렇듯 가슴이 철렁하면서 "왜, 왜? 왜 다른 때는 그런 말 안 하면서 이번엔 비행기 조심하라는 거야? 뭐 안 좋은 예감이라도 들었어? 그렇다면 분명히 말해줘" 하고 꼬치꼬치 따져 물었다. "왜라니… 뭐, 난 그냥…" 하고 친구는 별꼴이라는 표정으로 더듬거렸다.

멕시코 여행 때도 역시 티켓 판매원을 비롯해 정말 많은 사람들이 "괜찮겠어? 조심해…" 라는 말을 해주었다. 그런데 그 "조심해…" 라는 말이, 뭐랄까, 밝은 느낌이 없다고나 할까, "여행이라니, 너무 좋겠다!" 같은 울림이 담겨 있지 않다고나 할까, 전장의 최전선으로 떠나는 사람에게 "조심해…" 하고 말하는 것처럼 들리는 것이다. 치안이 진짜 나쁘니까 조심해, 유괴도 많이 당한다는데 조심해, 하고 구체적으로 말해주는 사람까지 있어서, 티켓 판매소에서 심장이 내려앉은 뒤로 내내 주눅이 들어 있었다. 멕시코라는 이미지는 시도 때도 없이 칼부림이 벌어지는 험악한 장소로 하루하루 변해갔다.

그래도 가고 싶다. 가지 않으면 아무것도 알 수 없다.

생각해보면 이것이 나의 기본적인 생각이다. 가지 않으면 아무것도 모르는 것이다. 극단적으로 말하면, 그 장소가 현실에 존재하고 있는지 없는지조차도, 가보지 않으면 모르는 거다. 그래서 나는 심장이 쪼그라드는 듯한 심정을 억누르며 매번 여행을 떠난다.

하지만 이번에는 "조심해…"의 빈도가 너무나도 높았기 때문에 조금이라도 마음의 안정을 얻고 출발하려고, 작가인 호시노 도모유키 씨에게 메일을 보냈다. 호시노 씨는 예전에 멕시코에 오래 살아서 심신의 3분의 1, 혹은 2분의 1, 아니 어쩌면 그보다 더 많은 부분이 멕시코인이라고 나는 생각하고 있다.

멕시코에서는 길을 걷기만 해도 누가 권총을 들이대나요? 강도를 만나는 게 흔한 일이에요? 이런 멍청하기 짝이 없는 질문에 호시노 씨는 참으로 이성적이고 구체적이며 긍정적인 조언을 해주었고, 마지막으로 "분명 즐거운 여행이 될 거예요!" 하고 덧붙여주었다.

치안이니 유괴니 조심하라느니 하는 불안한 말을 수백 번이나 듣고 우울해하던 나에게 "분명 즐거운 여행이 될 거예요!" 라는 말은 눈부신 빛과도 같았다. 그래, 그래, 그래, 그래, 당연히 즐거운 여행이 돼야지, 하고 정신이 번쩍 들었다.

여행은 정말 즐겁다. 내가 하는 여행은, 버스를 갈아타고, 잘못 갈아타서 되돌아오고, 호텔을 찾느라 헤매고, 전철을 잘못 타서 한나절을 기다리는 등, 그런 나 자신의 요령 없음과 서투름에 욕을 퍼붓는 날들의 연속이다. 게다가 쇼핑도 하지 않고 유명 레스토랑에도 가지 않기 때문에 옆에서 보면 (가끔은 내가 보기에도) 뭐가 재밌어서 여행을 하는 거지, 하는 생각이 들 때도 있지만, 그래도 역시 여행은 즐겁다. 그 장소가 현실에 존재하고 있다, 그곳에 누군가가 살고 있다, 이런 걸 알게 되는 것은 더할 나위 없는 즐거움이다.

판매 직원이 걱정해주던 모로코 여행도 골목길에서 끌려가는 일도 없이 무사히 돌아왔지 않은가. 아무리 가슴 졸이며 떠난 여행이라도 전부 즐거웠지 않은가.

내 기분은 멕시코인 호시노 씨 덕분에 단박에 되살

아났다. 엎드려 풀을 뽑고 정성스레 땅을 고르는 동안 나는 이슬라 무헤레스 섬에서 시작되는, 즐거울 게 분명한 한 달간의 여행을 설레며 기다렸다. 그리고 "저는 여행을 떠납니다. 그동안 일은 못 합니다"라는 내용의 메일을 쫙 뿌리고 나서, 가이드북 사진들을 흐뭇하게 바라보며 시간을 보냈다.

그런데 떠나기 2주 전, 갑자기 도쿄에 남아야 될 일이 생겼다. 아무리 머리를 굴려도, 아무리 계산기를 두드려도, 아무리 속임수를 써도, 여행은 못 간다는 결론이 나왔다.

이럴 수가. 항공권을 사놓고 여행을 못 가다니, 태어나서 처음이다. 눈물을 머금고 항공권을 취소하려고 전화를 걸었다. 며칠 전 내 신변의 안전을 걱정해주던 직원이 안타깝다는 듯한 말투로 취소 수수료를 설명하기 시작했다. "네, 네, 잘 알겠습니다, 네, 네." 설명을 듣는데 하마터면 눈물이 날 뻔했다. 취소 수수료 때문이 아니라, 진짜로 여행을 못 가는구나, 라는 결정적인 사실 때문에.

그리고 지금, 나는 도쿄의 작업실에 있다. 아침에 나와서 작업하는, 여느 날과 한 치의 다름도 없는 생활을 하고 있다. 지불한 항공 요금은 취소 수수료 3만 엔을 제하고 고스란히 계좌에 입금되었다.

멕시코에는 또 못 갔지만 그래도 여행 전의 기분만큼은 실컷 맛봤네, 하고 문득 생각했다. 누군가 무심코 던진 한마디에 겁을 먹고, 즐거울 거라는 말에 안심을 하고, 가이드북 사진을 보며 어느 낯선 마을의 게스트 하우스 천장을 상상하고, 버스가 먼지를 부옇게 일으키는 모습을 상상하고, 여행길에 친구가 되어줄 책들을 고르고, 달력을 두근거리며 바라보며.

만약 취소하지 않았다면 나는 사흘 전에 멕시코 땅에 내렸을 것이다. 지금쯤은 동네 분위기에 익숙해졌을까, 좋은 사람과 나쁜 사람은 아직 구별하지 못하겠지, 하며 또 하나의 내가 상상 속의 멕시코를 여행하는 모습을 이따금 떠올린다. 어디론가 사라져버린 3만 엔어치의 여행이다.

## 냉장고 136000엔

이 글의 연재를 시작하고 나서 깨달은 게 있다. 나는 전자 제품이라면 사족을 못 쓴다는 것이다.

기계 관련된 것이라면, 예를 들어 전기 차단기나 컴퓨터 설치, 수리, 전구 교체 (이건 기계는 아니지만) 등등 전부 다 딱 질색이어서 지금까지 피하고 또 피하며 살아왔다. 아키하바라 같은 동네는 정말 싫다. 녹색 기판이 가게 앞에 산더미처럼 쌓여 있는 걸 볼 때마다 등짝이 스멀스멀해진다.

그래서 나는 전자 제품 따위엔 아예 흥미가 없는 사람이라고 믿었다. 전자 제품 매장은 어딜 가나 사람들로 북적이지만, 그럼에도 불구하고 따뜻한 느낌이라고는 전혀 없다.

그런데 얼마 전에는 한 달 내내 주말마다 전자 상가에 갔다. 가고 싶어서 간 게 아니라 그럴 수밖에 없어서였다. 집 안에 있는 뭔가가 고장이 나서 새 걸 사러 간다. 그런데 사 온 게 잘 안 맞아서 다음 주말에 다시 사러 간다. 그러다 보면 또 필요한 게 생기고, 일주일 내내 그 생각을 하다가 결국 다음 주말에 또 사러 간다. 이를테면 그런 식이다.

내가 주말마다 갔던 전자 제품 매장은 신주쿠에 있는 요도바시 카메라다. 6층의 거대한 빌딩으로 층마다 전자 제품들로 꽉 차 있다.

이 요도바시 카메라는 물건을 사고 나면 잠깐 기다리는 시간이 있다. 그동안 진동벨 같은 걸 주면서 그걸 들고 기다리라고 하는데, 구매 절차가 끝나면 벨을 울려 알려준다.

기다리는 동안 사람들은 진동벨을 들고 매장 안을 돌아다닌다. 열에 아홉은 돌아다닌다. 나도 돌아다녔다. 주말마다 거대한 전자 제품 매장 안을 돌아다녔다.

그러면 신기하게도 갖고 싶어진다. 온갖 물건들이 갖

고 싶어진다. 건조기 딸린 세탁기. 사이클론식 청소기. 식기세척기. 디지털카메라. 플라즈마 TV. 신형 오븐. 하나하나 보면서 돌아다니면 어느새 기분이 들썩들썩해진다. 가격표를 보고, 흠… 하고 망설이다가도, 뭐 못 살 것도 없지, 하고 그것이 우리 집에 배달되어 오는 모습을 상상하며, 아, 좋겠다, 하다가 번쩍 정신이 든다. 그리고 스스로를 타이른다.

세탁기는 아직 고장도 안 났고, 건조기보다는 햇볕에 말리는 걸 좋아하잖아. 청소기는 3년밖에 안 돼서 고장 날 낌새는커녕 아직도 쌩쌩해. 식기세척기 같은 건 필요 없어. 어차피 냄비나 프라이팬 같은 건 잘 씻기지도 않을 텐데. 디지털카메라도 하나 있잖아. 나카타가 광고한 거라며 얼마 전에 친구가 극찬까지 해준 건데. 그리고 플라즈마 TV라니, 그거 4만 엔이야, 4만 엔. TV는 《사자에상》 만화밖에 안 보잖아. 비디오도 1년에 한 번 볼까 말까 하는데, 사자에상 하나 보는 데 4만 엔은 비싸지. 오븐도 좋은 거 하나 갖고 있잖아. 그 오븐한테 지금까지 얼마나 신세를 졌니? 고장도 안 났는데 버리면 천벌 받아.

그래. 나한테 필요한 건 아~무것도 없어. 여기서 팔고 있는 것들은, 기능은 오래됐어도 전부 집에 있는 것들이고, 집에 없는 것들도 내 몸 하나 움직이면 다 되는 것들뿐이잖아.

그런 생각들을 하고 있는데 드르륵 진동벨이 울려 나는 맥없이 계산대로 걸어갔다. 아아, 볼일이 다 끝났네, 빨리 집에 가자, 하고 매장을 나서려는데, 뭔가 허전하다. 허전한 것이다. 너무나도.

아마 그게 세 번째 방문이었나? 또다시 볼일이 생겨 신주쿠 요도바시 카메라에 갔고, 또다시 진동벨을 들게 된 나는 꼬임에 빠진 것처럼 얼떨결에 냉장고 매장 안으로 들어갔다.

기껏해야 냉장고가 빽빽이 들어서 있을 뿐인데도 뭐랄까, 순간 동화의 나라를 헤매고 있는 듯한 기분이 들었다. 정말 대단하구나, 요즘 냉장고. 제빙기 같은 건 이젠 기본이고, 세세하게 구분된 야채칸에 랩 없이도 보존이 가능하다. 에너지가 절약되고, 수박 한 통이 통째로 들어간다. 양문형 도어에, 신선도가 오래가고, 요리 실력도 좋아진다 (이건 거짓말). 거기다 외관 컬러도 실버나 블루가 많고, 내부 조명도 오렌지색이 아니라 시원한 블루나 그린이어서 '나 완전 새 거야' 하고 온몸으로 뽐내고 있는 것 같은 느낌이다.

하지만 넋을 잃고 쳐다보다가도 또 금세 '집에 있잖아, 냉장고. 고장 날 기미라곤 전혀 없어' 하고 이성을 되찾고는 흥 하고 등을 돌리는데 때마침 진동벨이 울려 무사히 볼일을 끝냈다.

동화의 나라에서 탈출한 나는 집에 돌아와, 부엌 한쪽 구석에 얌전하게 놓인 나의 냉장고를 가만히 바라보았다.

8년 전에 산 것이다. 8년 동안 다섯 번을 이사했는데도 불평 하나 없이 따라와, 부엌에 썰렁하게 들어앉아 있다. 모터 소리도 시끄럽게 내지 않고, 연이은 이사에도 피곤한 기색 없이 애써준 기특한 냉장고다.

그런데 이 기특한 냉장고가, 지금은, 그렇게 낡아 보일 수가 없다. 야채칸은 맨 밑, 냉동실은 맨 위에 있고, 논프레온도 아니고, 수박 한 통은커녕 냄비 하나 넣는데도 낑낑거려야 하는 이 8년 묵은 냉장고는, 유행에 뒤처지고 촌스러워 뭐 하나 괜찮은 구석이 없어 보인다.

일주일 내내, 냉장고를 새로 살까 말까, 생각에 생각을 거듭했다. 고장 나지 않은 물건을 갈아치우는 것에 이상한 죄책감을 느끼는 성격인 것이다.

결국 일주일 뒤, 나는 또다시 신주쿠 요도바시 카메라에 갔다. 은색에 양문형 도어가 달린 최신형 냉장고를 가리키며, “이걸로 주세요” 하고 말했다.

그때도 구매 절차가 진행되는 동안 진동벨을 들고 있었지만, 나는 계산대 앞 의자에 앉아 꼼짝도 하지 않았다. 나 자신이 어떤 인간인지 알았기 때문이다.

그건 그렇고, 계산대 앞에 앉아 있으면, 일본인은 정말 전자 제품을 좋아한다는 걸 실감할 수 있다. 유전자 수준에서부터 이미 좋아하는 것 같다. 요도바시 카메라는 갈 때마다 사람들로 미어터지고, 냉장고 매장에는 남녀노소 할 것 없이 (남녀 한 쌍일 때는 여자가 주도한다) 다들 눈을 반짝이며 냉장고 문을 탁, 탁, 열었다 닫았다 하고 있다.

“일본 사람은 물건을 안 아낀다니까. 뭐 하나 사면 오래 쓸 줄을 몰라” 하고 그게 나쁘다는 식으로 말하는 사람도 있는데, 사실 나도 그렇게 생각할 때가 있다. 하지만 이렇게나 좋아한다면 어쩔 수 없는 거 아닐까, 하는 생각이 들었다.

그날 요도바시 카메라를 나왔을 때는 빈손이었지만 저번처럼 허전하지는 않았다. 나도 역시 어쩔 수 없는 전자 제품 애호가인 것이다.

그런데, 이 냉장고에는 뒷얘기가 남아 있다.

일주일 뒤, 집으로 배송된 번쩍번쩍하는 최신형 냉장고가, 세상에나, 집 안에 들어오지도 못한 것이다. 현관은 무사히 통과했는데, 복도 모퉁이에 턱 걸리더니, 아무리 용을 써도 꿈쩍도 하지 않는다. 배송 직원은 친절하게도 몇 센티미터짜리 냉장고를 사야 하는지 사이즈를 알려주고는 번쩍번쩍하는 최신형 냉장고를 들고 가버렸다.

너무나 낙담한 나머지 나는 부엌 바닥에 쪼그리고 앉아 한동안 멍하니 있었다. 바로 코앞에, 손만 뻗으면 닿을 곳에 있었던 행복이 순식간에 사라져버린 듯한 기분. 8년 된 냉장고가 다정하게 위로해주는 것 같았다.

한동안 그렇게 있다가 나는 벌떡 일어나서 "이사 갈 거야!" 하고 소리쳤다.

"이사 간다, 이사 가. 이사 가고말고!"

하지만 그건 좀 아니지 않나? 인생이라는 장기말을 움직이는 방식으로 그건 아닌 것 같다. 그렇게 깨달은 건 그다음 날이었다.

일주일 뒤 나는 요도바시 카메라에 다시 가서 집에

맞는 사이즈의 냉장고를 골랐다. 물론 진동벨을 들고 있는 동안, 나는 매장 안을 돌아다니지 않았다.

# 송이버섯 4800엔

송이버섯을 싫어한다.

원래 어릴 때부터 심한 편식쟁이로, 과장해서 말하면 밥, 달걀, 고기, 명란젓만 먹으며 컸다. 야채도 질색, 생선도 질색, 버섯도 질색이다.

레스토랑에서 도리아나 필라프 같은 걸 시키면 버섯이나 피망, 완두콩을 정성스레 골라내 접시 한쪽 구석에 남겨놓는 사람이 간혹 있지 않은가. 그게 바로 나다. 열여덟 살 때까지는 그런 악행을 누구도 야단치지 않았다. 엄마는 햄버그스테이크 옆에 딸려 나오는 야채를 가리키며 "이건 장식이니까 안 먹어도 돼" 라고 했고, 초등

학생 때부터 쭉 도시락을 싸 가는 학교에 다녔다.

대학생이 된 후, 그런 나의 식습관을 비난하는 사람들이 엄청 많은 것을 알고 나는 깜짝 놀랐다. “더럽게”, “보고 있으면 기분 나빠”, “음식을 남기다니 어처구니가 없네” 등등 온갖 소리를 다 들었다. 이런 말을 하는 사람은 희한하게도 남자가 더 많았다. 음식을 남기는 건 죄악이라고 남자가 여자보다 더 엄하게 교육을 받아서 그런 걸까.

음식을 남기면 눈꼬리를 치켜올리며 화를 내는 쪽이 남자라면, 여자 쪽은 오히려 그걸 불쌍하게 여긴다. 토마토를 싫어하다니, 너 진짜 맛있는 토마토를 먹어본 적이 없구나… 이렇게 말하는 게 여자 쪽이다. 그러면서 자기가 먹었던 야채나 생선이 얼마나 맛있었는지 들려준다.

하지만 무슨 말을 해도 나는 고집스레 먹지 않았다. 왜냐하면 먹기 싫으니까. 그래서 서른 살이 되도록 외식을 할 때면 버섯은 젓가락으로 골라내고 야채는 고대로 남겼다.

서른이 조금 지나, 음식 취향이 나와 정반대인 사람을 좋아하게 되었다. 내가 싫어하는 음식은 즉, 그가 좋아하는 음식이다. 그러면 아주 곤란하다. 같이 밥을 먹을 수도 없다. 그래서 나는 식습관 혁명을 결심한 것이다.

싫어하는 음식을 먹을 수 있게 되려면 어떻게 해야 할까. 그건 죄책감을 느끼는 것도 아니고, 정말 맛있는 식재료를 쓰는 것도 아니고, 그냥 익숙해지는 거라고 나는 생각한다. 우웩, 우웨에엑, 하면서도 계속 먹는 거다.

성게알을 못 먹는 친구가 쓰키지 어시장에서 아르바이트를 시작했는데, 아침마다 가게 주인이 성게알을 한 스푼 가득 떠서 시식하게 했다고 한다. 우웩, 하면서도 친구는 계속 먹었다. 그러던 어느 날, 정말로 불쑥, 성게알의 맛을 알게 되었다는 것이다.

바로 그거다. 그 친구처럼 나는 못 먹는 음식을 꾸준히 먹기로 결심했다. 표고버섯, 브로콜리, 오이, 정어리, 오징어, 문어, 그리고 성게알까지.

그런데 정말로 어느 날 문득 '아하!' 할 때가 있다.

유학을 갔다 온 사람들이 종종 하는 이야기가 있다. 처음에는 주변에서 하는 말을 전혀 알아듣지 못하다가 어느 날 갑자기 소리가 의미를 가지며 귀에 들어왔다는 이야기인데, 그것과 비슷한 것 같다. 전혀 맛있다고 생각한 적이 없는 음식인데 어느 날 문득 '맛이 없진 않네'

하는 생각이 드는 것이다. 중요한 건 연습이다.

나는 1년이 채 되기도 전에 서른 가지 음식을 먹을 수 있게 되었다. 끊임없는 반복 끝에 '맛있다'에 도달한 음식이 있는가 하면, 몇 번을 먹어도 '으음…' 하는 것도 있다. 그래도 어쨌든 먹을 수는 있게 되었다.

지금은 거의 다 먹을 수 있다. 예전에는 정체를 알 수 없는 음식에는 절대로 젓가락을 대지 않았지만, 이제는 뭐든지 입에 넣을 수 있게 되었다. '바쿠라이'라는 희한한 이름의 음식을 일부러 시켜보기도 했다. (참고로 바쿠라이는 해삼창젓과 멍게를 무친 요리인데, 그럭저럭 맛이 있다.) 전에는 꼬치구이 가게에서 가리비나 새송이버섯 같은 게 나오면 왠지 속이 메슥거려 옆 사람에게 주곤 했지만, 지금은 다 먹을 수 있다. 샐러드에서 오이나 토마토를 일일이 골라내지 않고 전부 우적우적 먹는다. 고민할 필요가 없으니까 편하다.

이렇게 되니까 갑자기 먹는 게 좋아졌다. 먹는다는 게 이렇게 즐거운 거구나, 하고 깨달았다. 한때의 연애 감정으로 이만큼이나 성장한 나 자신이 정말 기특하다고 생각한다. 좋아했던 그 사람에게는 바로 차였지만.

그건 그렇고, 이렇게 서른 가지 종류를 먹을 수 있게

됐지만, 그래도 거기에는 내 나름의 순위가 있다.

1. 정말로 맛있다, 먹을 수 있게 돼서 참 다행이다, 라고 생각하는 것.

2. 그다지 맛있다는 생각은 안 들지만, 그래도 건강을 위해서 먹어야겠다고 생각하는 것.

3. 맛은 하나도 없지만 그래도 그럭저럭 먹을 수는 있는 것.

4. 안 먹으면 총살, 이라는 말을 듣는다면 입에 넣기는 하겠지만, 될 수 있으면 두 번 다시 먹고 싶지 않은 것.

1번은 꽁치, 표고버섯, 굴, 성게알. 2번은 해초, 셀러리, 단호박. 3번은 브로콜리, 당근, 생채소.

그리고 4번. 이렇게나 노력해서 편식을 없앴지만, 그래도 딱 세 가지, 끝까지 좋아할 수 없는 게 남았다.

그 세 가지는 전복(회), 소라, 송이버섯이다. 셋 다, 싫어한다고 해서 딱히 사는 데 지장은 없는 것들이다. 나 전복 진짜 싫어하는데 사흘 연속 전복이라니, 정말 질렸어, 이런 일이 일어날 리는 만무하니까.

식사에 초대한 사람이 "뭐 특별히 싫어하시는 음식이

있나요?" 하고 물어보는데 "전복이요" 라고 하면, 대개는 으흐흐 하고 웃는다. 그런 걸 먹일 리가 있겠어, 라는 느낌의 웃음.

그렇다. 전복이든 소라든 송이버섯이든, 싫어해도 사는 데 아무 지장이 없는 것들이다.

그런데 왜 하필 이 세 가지가 남았을까, 생각해보니 퍼뜩 짚이는 데가 있다. 연습 부족인지도 몰라. 연습용으로 덥석덥석 살 수 있는 식재료가 아니잖아.

지금의 내 야망은 이 4번을 없애는 것이다. 그렇다면 연습밖에 없다. 그래서 TV도 신문도 온통 송이버섯 이야기로 떠들썩한 초가을, 송이버섯을 사러 백화점에 갔다.

송이버섯은 표고버섯이나 콩나물 따위와는 따로 떨어져, 멋들어지게 꾸며진 특별 매대 위에 놓여 있었다. 1900엔, 3000엔, 4800엔, 만 엔, 2만 엔, 4만 엔, 그렇게 여섯 종류였다. 4만 엔? 굉장한 세계군.

만 엔짜리로 사자, 하고 생각했다. 이 정도면 분명 맛있겠지. 좋아하게 될지도 몰라. 그런데 차마 손이 가지 않는다. 만 엔짜리 송이버섯을 샀는데, 역시 맛없어서 못 먹겠어, 그렇게 되면 어떡하지? 멋지게 꾸민 매대 앞에서 으음… 하아… 고민 끝에 내 손이 집어 든 건 4800엔짜리였다. 정말 소심한 인간이다.

그런데 이 정도에 4800엔 하는 식재료라니. 한 마리에 100엔짜리 꽁치라면 마흔여덟 마리를 살 수 있다. 100그램당 1000엔 하는 마쓰자카 소고기라면 400그램이고…. 아냐, 아냐, 이런 쪼잔한 바꿔치기 계산은 바람직하지 않아. 나는 마음을 다잡고 계산대로 갔다.

그날은 송이버섯밥을 지었다. 육수와 간장, 술을 넣고 밥을 했다. 솥뚜껑을 들어 올리자 그 특유의 톱밥 부스러기 같은 냄새가 올라와 '우웩' 했지만 그래도 먹었다.

으음… 3번으로 끌어올려도 될까…. 슬픈 감상이지만, 생각난 건 그게 다였다. 아아, 내 4800엔. 3번으로 끌어올려도 될까, 하는 생각만 들게 한 4800엔.

아니야, 아직 연습이 부족한 거야. 더, 더, 송이버섯에 정성을 들이지 않으면 1번으로 승격할 수 없어. 생각이야 그랬지만, 그날 이후로 다시는 송이버섯을 사지 않았다. 연습용에는 정말로 맞지 않는 가격이다. 날 때부터 송이버섯을 좋아하는 사람이 정말 부러울 따름이다.

## 라멘 680엔

전날 마신 술이 덜 깼을 때 꼭 먹고 싶은 게 있다. 바로 라멘이다. 기름이 둥둥 뜬 라멘.

내가 사는 동네는 라멘 가게가 즐비하다. 이 동네로 이사 왔을 때 나는 라멘 맛집 탐방을 했다. 맛있는 집과 맛없는 집이 있다. 맛있는 집은 어김없이 붐빈다. 맛없는 집은 어김없이 썰렁하다. 당연한 거긴 하지만 내게는 왠지 충격이었다. 진실이란 무섭구나, 하고 생각했다.

오늘도 술이 덜 깨, 점심은 라멘으로 하려고 마음먹었다. 그런데 여기서 문제가 생긴다. 맛있는 라멘을 먹고 싶지만 맛있는 라멘집은 붐빈다. 줄이 길게 서 있다. 내가 사는 동네에서 줄까지 서면서 점심을 먹고 싶지는 않다. 후딱 먹고 돌아와서 빨리 작업을 계속하고 싶다.

그래서 생각 끝에 도박을 해보기로 했다.

역 앞에 하카타 라멘집이 있다. 라멘 맛집 탐방을 했을 때 여기는 가지 않았다. 역 앞이라는 이유 하나만으로도 실격이라고 생각했기 때문이다.

이 가게는 지하에 있어서 사람이 많은지 적은지 알 수가 없다. 줄을 서지 않는 건 분명하다.

이 집에 가기로 했다. 줄은 안 서도 그럭저럭 먹을 만은 하겠지, 그렇게 마음을 정하고 가게로 갔다. 안으로 들어가니 점심시간인데도 손님이 한 명도 없다. 헉, 했지만 이미 들어왔으니 어쩔 수 없다. 자리에 앉아서 가장 일반적인 라멘을 주문했다.

라멘이 나오고 국물을 조심조심 먹어본 나는 멍한 눈으로 허공을 바라보았다.

맛이 없었다. 너무너무 맛이 없었다.

맛있는 집과 맛없는 집은 분명 있지만, 먹을 수가 없는 집, 그런 건 별로 없다. '맛이 없다', 이 말은 말하자면 '맛있다'와 비교하면 조금 떨어지는 정도이지 먹으려면 먹을 수는 있다는 말이다. 실제로, 먹을 수 없는 파스타,

먹을 수 없는 조림은 있어도, 먹을 수 없는 라멘은 별로 없지 않은가. 여름철 바닷가 휴게소에서 먹는 라멘도 그럭저럭 맛은 있다.

그런데 이 집 라멘은 정말 먹을 수가 없었다. 이렇게 맛이 없는 건 처음이었다. 너무너무 맛이 없어서 내 혀가 이상한 게 아닐까 하는 생각이 들 정도였다.

국물은 기름을 그냥 뜨거운 맹물에 풀어 넣은 것 같은 맛이고, 면은 실타래를 씹고 있는 느낌이다. 어제 마신 술 탓도 있겠지만, 먹고만 있어도 속이 울렁거린다.

어쩌다 들어간 식당에서 너무너무 맛없는 음식이 나오면 어떻게 할 거냐고 사람들에게 물어본 적이 있는데 대부분이, 남기고 나온다, 라고 답했다. 나는 왠지 그렇게 할 수가 없다. 돈이 아까워서 벌벌 떠는 성격이다. 그래서 너무 맛이 없는 음식이 나오면 조미료, 특히 매운 종류를 팍팍 뿌려서라도, 더 이상 목구멍에 넘어가지 않을 때까지 먹는다. 나는 고추를 아주 좋아하기 때문에 고춧가루나 타바스코 소스를 듬뿍 끼얹으면 그나마 내 입맛에 맞게 된다.

그 맛없는 라멘집에서 나는 고춧가루가 있는지 찾아보았다. 테이블 위에는 생강 초절임, 갓 절임, 후추, 깨소

금뿐이다. 할 수 없이 갓 절임과 생강 초절임을 왕창 들이부었다. 살짝 나아지기는 했지만 여전히 맛이 없다. 먹는 것이 고통일 정도로 맛이 없다. 배까지 쓰려왔다.

자꾸 맛없다, 맛없다 하고 먹으니까 맛이 없는 거야, 문득 그런 생각이 들어, '우와, 맛있다, 최고야!' 하고 속으로 중얼거리며 먹어보았다. 그래도 역시 국물은 소금도 안 넣고 기름만 뜨거운 맹물에다 풀어 넣은 것 같은 맛이고, 면은 실 같이 퍼석퍼석해 아무 맛도 나지 않는다.

도대체 라멘을 어떻게 만들면 이렇게까지 맛이 없을 수가 있을까. 차라리 인스턴트 라멘을 끓여주는 편이 낫겠네.

손님은 전혀 들어오지 않는다. 다들 알고 있는 거다. 어쩐지 속았다는 기분이 든다. 맛없다는 거 알고 있으면 맛없다고 말해줘야지! 누군가에게 화풀이라도 하고 싶어진다.

희한한 건 가게 주인장이다. 이 가게는 중년 부부가 운영하고 있는 것 같다. 아저씨는 주방을, 아주머니는 홀을 맡고 있다. 이 두 사람은 아마 식당을 시작했을 때 몇 번이고 라멘을 끓여 시식을 했을 것이다. 그리고 "그래 이거야!" 하고 생각했을 것이다. 이 사람들의 미각이 좀 이상한 걸까.

설령 그들의 미각이 보통 사람들과 다르다고 치자. 뜨거운 맹물에다 기름을 푼 실타래 맛 라멘이 어느 가게에도 뒤지지 않는다고 자신 있게 믿었다고 치자. 그렇다면 손님이 아예 들어오지 않는 이 상황을 어떻게 받아들이고 있는 걸까.

맛이 뭔지도 모르는 어리석은 녀석들, 이렇게 생각할까? 역 맞은편에 길게 줄을 서는 유명한 라멘집이 있어도, 맛도 모르는 녀석들이 남들이 먹으니까 따라서 줄을 서는 것뿐이라고 생각할까?

손님이 오지 않는 건 라멘이 맛없기 때문이란 걸, 이 부부가 알아차릴 날이 올까? 근데 알아차리면 또 어떻게 할까? 다시 라멘 공부? 아니면 업종 변경? 아냐, 어쩌면 이 사람들은 자기네 라멘이 맛이 없다는 걸 알고 있는지도 몰라. 맛은 없지만 이렇게밖에 못 만드니까 어쩔 수 없다며 정색할지도 모르지. 나 같이 아무것도 모르고 불쑥 들어오는 손님 몇 명을 거미집 안의 거미처럼 기다리며 하루하루 살아가는지도 몰라.

그런 생각들을 하며 애써 정신을 딴 데로 돌리고 라

멘을 계속 먹었다. 3분의 2 정도 먹었을 때, 드디어 두 손을 들고 말았다. 더 먹으면 정말로 몸에 이상이 생길 것 같아 젓가락을 놓았다.

가게를 나와 지상으로 이어지는 계단을 올라가니, 깨끗이 펼쳐진 푸른 하늘이 보였다. 언제나 그렇듯 많은 사람들이 동네를 왔다 갔다 하는 모습이 보였다. 돌아왔구나, 하는 생각이 들면서 왠지 모르게 마음이 놓였다.

그런데 이렇게까지 맛없다, 맛없다, 하니까 왠지 한 번 먹어보고 싶은 생각이 들지 않나요? 요즘 세상에 맛있는 음식이야 언제든지 맛볼 수 있지만, 완벽하게 맛이 없는 음식은 좀처럼 보기 어려우니까.

## 크리스마스 후의 물욕 35000엔

크리스마스 당일, 볼일이 있어 백화점에 갔다가 깜짝 놀랐다. 액세서리 매장에 사람들로 인산인해가 아닌가! 카르티에, 폴리폴리, 캘빈클라인, 쿠레주… 매장이란 매장은 전부 사람들로 꽉꽉 차 있다. 사람들, 이라기보다는 전부 다 커플. 이렇게 많은 커플들을 한꺼번에 본 건 처음일 만큼 많은 수다.

그런가, 크리스마스는 남자가 여자한테 액세서리를 선물하는 날이었나. 나는 몰랐다.

철이 든 뒤로 산타클로스의 존재를 믿지 않는 아이였지만, 그래도 나는 해마다 크리스마스에는 친한 사람에게 선물 받는 걸 당연하게 여겼다. 기독교 신자도 아닌데 왜 크리스마스를 축하해야 돼? 라고 말하며, 선물을 주고받지 않는 남자가 간혹 있는데, 내가 보기엔 어리석다고나 할까, 재미없기 짝이 없는 소리다. 왜냐하면 선물을 동시에 주고받을 수 있는 기회가 크리스마스 말고는 없지 않은가.

그래서 가족과 남자친구와는 크리스마스에 늘 선물을 주고받았다. 어릴 때부터, 받고 싶은 선물은 리퀘스트 식으로 했다. 난 ○○이 갖고 싶으니까 그걸로 해줘, 하고 처음부터 말하는 거다. 서프라이즈도 없고 멋도 없지만, 그래도 갖고 싶지 않은 건 필요 없다. 어릴 때부터 현실적이었나 보다.

어른이 되고 나서는 친구들과 남자친구하고만 선물을 주고받았는데, 그것도 역시 리퀘스트 식이었다. 갖고 싶은 물건을 말하고, 갖고 싶어 하는 물건을 듣고, 서로 주고받는다.

인산인해의 액세서리 매장을 보니, 지금까지 내가 받았던 (다시 말해, 내가 리퀘스트했던) 크리스마스 선물이 저절로 떠올랐다. 슈퍼 패미컴, 세가 새턴, 플레이 스테이션, 플레이 스테이션 2, 플레이 스테이션 2 소프트

웨어…, 뭐야, 몽땅 게임기잖아!

이게 어찌 된 일인가, 하고 잠시 짬을 내어 자기 분석을 해본 결과, 나는 아무래도 크리스마스 선물에 대해 쑥스러움을 느끼는 것 같다. 그리고 이 쑥스러움 때문에 크리스마스를 일부러 아이들 축제처럼 만들고 싶은 기분이 드는 것이다. 선물을 나눠주며 돌아다니는 산타클로스 같은 건 없다는 걸 알면서도 굳이 산타클로스 놀이를 하는 것이다.

산타클로스 그림이나 인형 옆에는 언제나 빵빵하게 터질 것 같은 흰색 보따리가 있는데, 그 안에 든 것, 여러분은 뭐라고 생각하나요? 아무래 생각해도 나는 엉뚱한 장난감일 것만 같은 생각이 든다. 어릴 때부터 쭉 그렇게 생각했다.

그래서 크리스마스 선물 하면 장난감이 떠오르고, 내게 맞는 장난감은 뭘까 생각하다 보니 게임기라는 결론이 나온 것 같다.

마침 크리스마스가 다가오는데 정말 갖고 싶은 것, 또는 갑자기 필요한 것이 생겼다고 하자. 건조기 달린 세탁기, 기름을 쫙 빼주는 최신형 오븐, 검은색 퍼그 강아지, 전등갓, 설날에 먹는 맛있는 떡… 뭐 그런 것들. 하지만 정말로 갖고 싶은 것, 꼭 필요한 것을 리퀘스트한다는 건 쑥스러움 때문에 쉽지 않다. 물론 슈퍼 패미컴이나 플레이 스테이션도 그 당시에는 갖고 싶었던 것이긴 했지만, 원하는 선물 리스트에서 결코 상위의 물건은 아니었다.

그런 이유로 액세서리도 무의식적으로 크리스마스 선물 리스트에서 제외해버린 것이었다. 그렇다고 액세서리가 정말 갖고 싶은 것, 꼭 필요한 것이었다는 말은 아니다. 그렇지만 액세서리 선물이라고 하면 왠지 진지한 느낌이 들지 않나? 그 '진지한 느낌'이 쑥스러웠던 거다.

사람들이 마구 몰려 있으면 덩달아 끼어들고 싶은 따라쟁이 기질 탓에 나도 사람들 틈새를 비집고 들어가 보았다. 하지만 유리 진열장 안에 뭐가 있는지 하나도 보이지 않는다. 커플들이 몸을 쑤욱 내밀고 있는 바람에, 아무리 애를 써도 보이는 거라고는 진열장 안에 깔린 천 쪼가리뿐이다. 좀 더 가까이 보려고 몸을 팍 밀어붙였지만 팍팍 뒤로 밀려났다. 이렇게 되자 왠지 나도 지금, 바로 이 순간에 남들처럼 액세서리를 사야만 한다는 기분이 든다. 이 부끄러워 마땅한 따라쟁이 기질이 발동해 더 팍팍 밀어붙이면 더 팍팍팍 뒤로 밀리고, 그러다가 정신을 차려보니 어느새 통로에 덩그러니 서 있었다.

그러고 보니 올 2월에도 똑같은 경험을 했다. 공포의 초콜릿 매장에서였다. 초콜릿 매장은 여자들뿐이었지만, 액세서리 매장은 여자와 동일한 수만큼의 남자도 섞여 있어서인지 사람들의 덩어리가 더 단단하다. 밀치는 힘도 세다. 액세서리! 나도 보고 싶은데 하나도 안 보여! 아무리 자리를 옮겨도 끄트머리도 안 보이잖아! 물욕이 이렇게나 자극받고 있는데!

하지만 다가갈 수 없으니 어쩔 수가 없다. 맥없이 볼일을 마치고 백화점을 나왔다.

야키니쿠를 함께 구워 먹는 커플은 이미 깊은 관계다, 그런 말을 어디선가 본 적이 있는데, 크리스마스에 액세서리를 서로 리퀘스트하는 커플의 친밀도는 어느 정도일까? '쑥스러움'이 전혀 개입하지 않을 정도의 친밀감? 아니면, 크리스마스의 쑥스러움은 나만의 유별난 기분일 뿐, 크리스마스와 액세서리는 지극히 자연스러운 관계일까?

와글와글 모인 사람들을 봐서 그런지, 묘하게 물욕이 자극을 받은 나는 며칠 뒤 혼자서 액세서리를 사러 갔다. 액세서리를 하는 일은 거의 없지만, 사는 건 좋아한다.

크리스마스도 지나 여느 때처럼 한산해진 액세서리 매장을 실컷 구경하고 있는데, 문득 이런 생각이 들었다. 액세서리의 가격은 어쩌면 여자를 위해서가 아니라 남자를 위해 설정된 것이 아닐까?

세상에는 여자의 가격과 남자의 가격이 있다. 8만 엔짜리 자전거는 완전히 남자의 가격이고, 12만 엔짜리 구두는 여자의 가격이다. 유명 작가가 제작한 22만 엔짜리 의자는 남녀 공용 가격이지만, 만화 캐릭터 키홀더 13800엔짜리는 여자의 가격이다. 저마다, 지갑을 열어도 괜찮다고 생각하는 가격이 있다.

그래서 평소에 사용하는 액세서리는 여자의 가격 같으면서도, 사실은 남자의 가격이 아닐까? 대체로 만 엔대부터 5만 엔대 정도다. 사랑하는 사람이 기뻐한다면 뭐 이 정도야, 하고 남자가 지갑을 열 수 있을 것 같은 미묘한 가격이 아닐까? 이게 만약 10만 엔에서 20만 엔이라거나, 500엔에서 2000엔 사이의 가격대라면 크리스마스에 액세서리 매장이 그렇게 인산인해를 이룰 일은 없지 않을까.

그래, 그래, 액세서리라는 건 꼭 크리스마스 때뿐만 아니라 남자가 살 때가 더 많을지도 몰라. 그렇게 속으로 중얼거리며 찬찬히 구경한 다음, 스스로 지갑을 열어서 샀다. 팔찌 35000엔.

집에 돌아오니, 뭐 하러 팔찌 같은 걸 샀지? 하는 생각이 문득 들었다. 아아, 크리스마스에 자극받은 물욕의 결과구나, 라는 생각을 하며 내년 크리스마스에는 액세서리 매장 같은 데는 얼씬도 안 해야지, 하고 마음먹었다.

## 참치된장덮밥 정식 400엔

설 연휴가 끝나고 4일부터 일을 시작했다. 보통 사람들과 같다. 내 작업 시간은 평일 8시부터 5시까지로, 점심시간에는 늘 근처 식당에서 런치 메뉴를 먹는다. 오늘 점심도 런치를 먹으러 나갔다.

근처에 어느 프랜차이즈 술집이 있는데 점심때는 런치 메뉴를 만들어 판다. 이 집 런치가 아주 맘에 드는 건 아니지만, 가게 안이 널찍해 항상 자리가 많다. 그날은 볼일이 있어서 서둘러야 했기 때문에 사람이 별로 없는 곳에서 먹으려고 거기로 들어갔다.

그런데 어쩐지 여느 때와는 분위기가 다르다. 그다지

붐비지도 않는데, 가게 안에는 묘한 긴장감이 떠돌고 있다. 안내해주는 자리로 가서 앉은 나는 그 묘한 긴장감의 원인이 무엇인지 서서히 알게 되었다.

연휴가 끝나고 일손이 모자라서인지, 아니면 다른 가게가 아직 휴업 중이라 평소보다 손님이 몰려서인지 (그렇다고 해서 자리가 꽉 찬 것도 아니다), 종업원들은 뛰어다니고 있고 손님들은 아무것도 없는 빈 테이블 위에 팔꿈치를 괸 채 살기를 띠고 있다. 손님들 대부분은 주문한 음식이 나오지 않아 기다리다 지친 모습이다.

에이, 아무래도 위험한 데에 들어왔네, 하고 생각하며 메뉴판을 펼쳤다. 솥밥이 먹고 싶었지만 그건 정말로 위험하겠다 싶어, '오늘의 메뉴(참치된장덮밥 정식)'를 주문했다.

내 옆에는 여자 단체 손님 여섯 명. 다섯 명은 나처럼 오늘의 메뉴를 먹고 있고, 한 명은 쓸쓸하게 차를 홀짝이고 있다. 뛰어다니는 종업원을 한 사람이 불러 세우더니 "이 손님 거, 아직 멀었어요?" 하고 살기 어린 목소리로 묻는다. "죄송합니다. 금방 갖다 드리…" 하고 말끝을 얼버무리며 뛰어가는 종업원.

안쪽에는 남녀 혼합 단체 손님 다섯 명. 거기는 다들

식사를 마치고 담소를 나누고 있다. 웃으면서 이야기하고는 있지만, 뭔가 심상찮은 분위기가 테이블 위 15센티미터 주변을 감돌고 있다. 말쑥한 차림의 남자가 손을 들어, 뛰어다니는 종업원을 불러 세우더니 "커피 안 나와요?" 하고 애가 타는 미소를 지으며 묻는다. "죄송합니다. 금방 갖다 드리…" 하며 뛰어가는 종업원.

창가에는 중년 남녀 한 쌍. 한 사람은 솥밥을 먹고 있고, 한 사람은 기다리고 있다. 그때 종업원이 솥밥이 놓인 쟁반을 들고 뛰어와 "많이 기다리셨…" 하다가 말을 멈추더니 "아, 아니다! 정말 죄송합니다" 하고 안쪽으로 달려간다. 잘못 내온 모양이다. 그때 솥밥을 먹고 있던 여자가 갑자기 벌떡 일어나 종업원을 쫓아가더니 "괜찮아요! 그거 그냥 주세요!" 하고는, 맞은편 남자에게 솥밥 쟁반을 건네준다.

칸막이 너머에는 중년 여성 단체 손님 중 한 명이 일어나 주방 안으로 얼굴을 들이밀더니 "이봐요, 젓가락 한 짝이 없잖아요!" 하고 고함을 친다.

그때, 조금 전에 커피를 달라던 남자가 "됐어요, 됐어! 커피 취소, 취소!" 하고 소리를 치고 자리에서 일어나면서 나가자고 재촉한다. 그 남자도 성큼성큼 주방으로 가더니 "커피 취소! 계산서 줘요!" 하고 소리를 지른다.

가게 전체가 난리가 났다. '야단법석'이란 바로 이런 상태를 가리키는 말일 것이다. 그때 이런 상황을 모르는 한 무리의 손님들이 유리문을 열고 싱글벙글 웃으며 가게 안으로 들어왔다. 아아, 들어오면 안 돼, 난처한 꼴을 당한다고… 하고 마른침을 삼키며 그들을 지켜보고 있는데, 가게 주인처럼 보이는 나이 지긋한 남자가 입구 쪽으로 달려가더니 고개를 굽실굽실하며 무슨 말을 한다. 그리고 그 손님들은 그대로 가게를 나가버렸다. 아무래도 야단법석으로 혼이 빠진 주인이 상태가 좀 안정될 때까지는 손님을 받지 않기로 한 모양이다.

그러는 동안에도 커피는 멀었냐는 둥, 주문을 받으라는 둥, 식당 안은 종업원을 부르는 소리들로 가득하고, 종업원들은 헐레벌떡 뛰어다녔다.

내 앞에는 할아버지 한 명이 앉아 있었다. 나보다 먼저 와 있었지만, 테이블 위에는 역시 찻잔밖에 없다. 할아버지는 심심하다는 듯 손가락을 만지작거리고 있었다.

아 참, 그러고 보니 나도 좀 이따가 볼일이 있지. 갑자기 생각이 난 나는 힐끔힐끔 주방 안을 건너다본다. 커튼 밑으로 바삐 돌아다니는 사람들의 모습이 보일 뿐, 뭔가 새 요리가 나올 기미는 전혀 없다. 부글부글 화가 난 손님들이 식사를 마치고 줄줄이 자리에서 일어나 계산대로 가는데, 거기도 역시 줄이 길게 서 있다.

나는 뭐가 싫으냐 하면, 기다리는 게 싫다. 점심 먹으러 와서 15분 이상 기다리게 되면 화가 부글부글 끓어오른다. 그때도 당연히 화가 났어야 했다. 이게 뭐야, 대체! 오늘의 메뉴 하나 내는 것쯤 아무것도 아니잖아. 밥 위에 참치만 얹으면 되는 요리인데. 좀 이따 볼일도 있는데, 그냥 나가버릴까? 하고 여느 때 같으면 화가 부글부글 끓었을 텐데, 이 분노는 비등점에 이르기도 전에 흐늘흐늘 증발해버렸다. '이게 뭐야!' 하고 벌컥 화가 치밀었지만, 그 순간이 지나자 괜찮을까? 하고 살짝 걱정이 된다. '그냥 나가버릴까' 하고 의자를 뒤로 빼려는 순간, 어머, 저 아줌마 아까부터 종업원을 부르고 있던데, 빨리 안 오면 난리가 날 텐데…, 하고 조마조마한 마음이 든다.

그때, 나는 내 급한 성격을 극복할 수 있는 방법이 떠올랐다. 내가 화내기 전에, 다른 누군가가 내 화를 뛰어넘을 만한 기세로 먼저 화를 내주면 되는 것이다. 술주정뱅이의 심리와 같다. 술자리에 함께 있는 사람이 자기보다 더 빨리 술에 취하면 어지간해서는 술에 취하지 않는데, 그것과 비슷한 거다.

내 조급함은 그때 가게 안을 꽉 채운 사람들의 분노와 짜증 탓에 거품처럼 사라져버렸다. 그리고 기다리면서도 왠지 내 잘못으로 이런 법석이 벌어진 것만 같아, 얌전히 의자에 움츠리고 앉아 있었다.

30분 가까이 기다리고 나서야 겨우 내 앞에 오늘의 런치가 놓였다. 내 앞 테이블의 할아버지를 힐끔 쳐다보았다. 할아버지 앞에는 아직 음식이 없다. 내가 양심의 가책을 느낄 이유는 전혀 없지만, 나는 더 한층 몸을 움츠리며 밥뚜껑을 열었다.

참치된장덮밥이라는 건 밥 위에 으깬 참치와 쪽파, 달걀지단, 김을 얹은 덮밥인데, 이 집은 간장 대신 특제 된장을 넣어 먹는 모양이었다. 흐음, 이 집은 된장을 넣는구나, 라는 생각을 할 겨를도 없이 나는 우울하게 고개를 숙인 채, 종지에 담긴 된장을 덮밥에다 넣고 우물우물 먹었다. 할아버지를 힐끔 보니 아직도 음식이 나오지 않았다. 할아버지도 나를 보고 있다. 먼저 먹어서 죄송해요…, 하는 마음에 위가 은근히 쓰려온다.

그러는 동안에도 가게 안의 참상은 여전히 계속되었다. 젓가락이 없네, 물이 없네, 찻주전자가 비었네, 하며 소리치는 손님들의 목소리, 뛰어다니는 종업원들의 모습, 계산대의 긴 행렬, 테이블 여기저기에 방치된 빈 그릇들. 맛 따위를 음미할 상황이 아니다. 나는 평소와 사뭇 다른 속도로 재깍재깍 밥을 입에다 넣었다.

30분을 기다리고 10분 만에 식사를 끝냈다. 그제야 할아버지가 주문한 솥밥이 나왔다. 웬지 할아버지의 손을 붙잡고 "정말 다행이에요!" 하고 외치고 싶은 기분이었다.

계산서를 들고 계산대로 가 줄을 섰다. 거기서는 생각보다 많이 기다리지 않았는데, 계산서를 내밀고 지갑에서 지폐를 꺼냈을 때다.

"저, 정말 많이 기다리게 해서, 웅얼웅얼… 웅얼웅얼…" 하는 목소리가 들렸다. 응? 하고 고개를 들어보니 계산대 앞에, 좀 전의 그 나이 지긋한, 가게 주인 같아 보이는 남자가 서 있었다.

"네? 뭐라고요?" 하고 나는 물었다. 나는 그저 웅얼웅얼… 웅얼웅얼… 하는 부분이 잘 안 들렸을 뿐이다.

그런데 내 대답이 주인에게는 화난 말투로 "뭐! 뭐라고요!" 하는 것처럼 들렸나 보다. 그는 기어들어가는 목소리로 "기다리게 해서 정말 죄송합니다. 밥값은 받지 않을 테니…" 하며 고개를 숙인 채 나를 쭈뼛쭈뼛 올려다보는 게 아닌가.

아니, 아니, 기다렸다고 해서 밥을 공짜로 먹는다니요, 그런 건 들어본 적도 없어요. 그리고 아저씨, 전요, 원래 언제 어디서나 늘 기다리거든요. 약국에서도 기다리고, 매표소에서도 기다리고, 택시 정류장에서는 한참을 기다려요. 급한 성격 때문에 오히려 더 기다릴 때도 있어요. 어쨌든 기다리고 기다리고 또 기다려야 하는 인생이니까, 돈을 안 받겠다느니 그런 말씀은 안 하셔도 돼요….

그런 생각을 하며 "아니에요, 받으셔야죠" 하고 조심스레 말했다.

주인은 난처하다는 얼굴로 "그럼 저… 반만 받겠습니다" 하고 더더욱 기어들어가는 소리로 말했다. 정식값이 899엔이니 반값이면 대충 450엔인데도, 500엔을 내니 100엔을 거슬러주었다.

뭔가 멍한 기분으로 가게를 나왔다.

아 참, 약속이 있었지, 하고 정신을 차려 오후의 거리를 뛰어가는데, 왠지 힘이 쭉 빠진 것 같은 기분이 들었다.

아무래도 분노는 나에게 에너지인 것 같다. 에너지를 활활 불태워야 할 장소에서 허무하게 연기만 뿜어대다가, 결국 '돈은 안 받겠습니다' 라는 말을 들으니, 마치 타다 남은 재 위에 찬물이라도 끼얹은 듯한 느낌이다. 화내고 싶은 순간에 분노의 싹이 확 뽑혀버리면 뭔가 개운치 않다.

점심값을 반만 내기보다는 그냥 다 내고 실컷 화내고 싶다, 그러는 편이 훨씬 건강하지 않을까. 그런 생각을 하며 약속 장소에 도착한 나는 무슨 일인지 약속 시간에 나타나지 않는 상대방을 애태우며 기다렸다.

## 기억 9800엔×2

해마다 엄마 생일에 온천 여행을 선물했다. 온천 여행이라고는 하지만 내가 이틀 사흘씩 집을 비울 수가 없어서 대개는 가까운 온천에서 일박하고 오는 정도다.

여행이든 식사든 뭔가 특별한 걸 하자, 라고 하면 엄마는 갑자기 무기력하고 무의지한 모습을 보인다. "어디 가고 싶어?" 라고 물어도 "아무 데나", "뭐 먹고 싶어?" 라고 물어도 "다 괜찮아" 하고 끝이다. 그냥 뭔가를 알아보는 게 귀찮아서 그러는 것 같다. 그래서 온천 여행지와 숙소는 언제나 내가 알아서 정하게 된다.

내 입으로 말하긴 뭐하지만, 나는 대단히 바쁜 사람

이다. 3년 전에도 똑같이 바빴다. 여러 종류의 잡지를 사서 꼼꼼히 숙소를 알아보거나 여행사에 가서 물어보거나 할 시간이 없다. 그래서 항상 인터넷으로 숙소를 찾는다.

3년 전에도 나는 그렇게 인터넷으로 숙소를 검색하고 또 검색했다. 지난해에는 하코네에 갔으니까 올해는 닛코에 가자고 정해놓고, 닛코의 온천 여관을 찾아보았다. 왜 그런지 몰라도 닛코에는 저렴한 여관이 많았다. 만 엔 전후 가격인데도 마에사와 소고기 뷔페라는 둥, 스시 뷔페라는 둥, 이거 진짜야? 하는 생각이 드는 여관들뿐이다.

그중에 '일박에 9800엔, 저녁 식사는 고급 송이버섯 코스'라고 쓰인 여관이 있었다. 나는 송이버섯을 좋아하지 않고 이왕이면 고기 쪽을 선호하는 편이지만, 엄마는 고기를 싫어하고 송이버섯을 좋아한다. 엄마 생일이니까 소고기가 아니고 송이버섯을 선택해야겠지, 하고 효심이 지극한 나는 생각했다.

송이버섯이 나오는 9800엔짜리 여관이란 곳은 어떤 데일까? 홈페이지에서 '외관, 객실, 온천'을 클릭해보니, 꽤 근사한 건물이 화면에 나타났다. 강가에 지어져, 전

객실이 강 쪽으로 창이 나 있다고 한다. 온천도 널찍널찍하고 훌륭하다. 이게 9800엔이라니 정말 저렴하네. 인터넷으로 재빨리 예약했다.

그리고 여행 당일, 아사쿠사에서 급행열차를 타고 닛코에 도착해, 지도를 들고 여관으로 향했다. 이럴 때도 엄마는 무기력하고 무의지하다. 어린애처럼 주변을 두리번두리번하며 말없이 따라온다. 지도를 보려고도 하지 않고, 길을 잘못 들어도 방향을 찾을 생각도 하지 않는다. 말하자면 완전 나몰라라식이다.

지도를 볼 줄 모르는 나는, 역에서 도보로 5분밖에 안 걸리는 여관인데도 실컷 헤매다가 겨우 찾았다. 그런데 막상 찾고 보니, "헉" 하고 멈칫할 정도로 낡아빠진 여관이다. 일본식 여관이라면 허름해도 운치는 있을 테지만, 눈앞에 우뚝 서 있는 건 호텔식 여관. 호텔식이라지만 서양식이라는 점이 더한층 서글픔을 자아낸다.

1970년 전후는 이랬구나, 하고 나는 멍하니 생각했다. 1967년에 태어난 나의 어렴풋한 기억과, 가야마 유조가 나오는 영화《젊은 대장 시리즈》의 분위기를 겹쳐 보니, 1970년 전후는 일본과 서양의 엉터리 절충이라는 말이 딱 들어맞는다. 그 시절은 옛 순수 일본식은 촌스럽다며 없애버리고, 서양식이라면 뭐든지 멋있다고 받아들였는데, 그렇다고 순수 일본식을 완전히 없애지도 못해 이것저것 뒤죽박죽이 되어버린 희한한 센스다. 다다미방에 소파, 일본식 방에 커튼, 소나무에 크리스마스 장식 같은 것들.

아무튼, 도착한 온천 여관은 그런 일식과 양식의 절충형 호텔이었다. 1970년 전후에는 인기가 있었겠구나, 하고 바로 느낄 수 있었다. 해외여행은 아직 꿈같은 얘기라서 단체 여행이 인기를 끌던 시절. 쓸데없이 널찍한 (지금은 휑한) 주차장에 단체 손님을 태운 버스가 줄줄이 들어오는 모습이 눈앞에 선하게 떠오르는 듯했다.

"뭐랄까… 왠지 옛날 생각이 나는 것 같네." 내 옆에서 낡은 호텔을 역시 멍하니 올려다보고 있는 엄마에게 나는 말했다.

"그러네, 뭐라고 해야 할까…."

엄마는 더 이상 말이 없었다.

호텔 내부도 대단히 서글펐다. 닳아빠진 붉은 카펫, 로비에 쭉 놓인 낡은 소파, 폐업 상태의 기념품 가게, 호텔이라면서 직원 하나 보이지 않는 체크인 카운터. 벨을 울려도 좀처럼 직원이 나오지 않다가, 포마드로 쫙 빗어

넘긴 머리를 한 남자가 겨우 나타나더니, 네모난 플라스틱 키홀더가 달린 열쇠를 건네주었다.

어정쩡하게 낡은 엘리베이터를 타고 위층으로 올라가 지정된 층에 내리니, 좁은 복도를 따라 문이 쭉 이어져 있다. 비즈니스호텔, 아니 좀 더 심하게 말하면, 뭔가 나쁜 짓을 저지른 인간이 찾아올 것만 같은 여인숙 같다. 카펫에는 군데군데 담뱃불이 지져진 자국이 남아 있다.

그래도 방은 강에 접해 있다. 창 아래에는 울창한 나무들로 뒤덮인 가늘디가는 강이 졸졸 흐르고 있다. 알루미늄새시와 간유리 창 때문인지, 평범한 다다미방인데도 왠지 마음이 차분해지지 않는 느낌이다. 머리를 노랗게 물들인, 날라리 여고생 같은 분위기의 여종업원이 끓여준 차를 마시고 나서 내가 말했다.

"산책하러 갈까?"

무기력하고 무의지한 엄마는 방 안을 이리저리 돌아보면서 "그러자" 하고  말했다.

서글픈 호텔을 나와서 엄마와 주변을 산책하기 시작했지만, 호텔 근처에는 이렇다 할 볼거리도 없었다. 기념품 가게도, 신사도, 절도, 박물관도 미술관도, 아~무것도 없었다. 국도가 쭉 이어져 있고, 양옆으로는 쇠락한 일식과 양식의 절충형 호텔들이 띄엄띄엄 서 있고, 군데군데 라멘집, 싸구려 신발 가게, 편의점 같은 별 볼 것도 없는 가게들이 있을 뿐. 길을 걷는 우리 옆으로는 차들이 부웅부웅 지나가고 그때마다 흙먼지가 일었다.

"저기 저 여관은 왠지 좋아 보이네."

저 앞에 보이는 일본식 여관을 가리키며 엄마가 말했다. 그때부터 엄마는 조금씩 기력과 의지를 되찾기 시작했다.

"이 여관도 그럭저럭 괜찮구나. 여기에 비하면 우리 여관은…."

되찾지 않아도 될 때 기력과 의지를 되찾는 것이 엄마라는 사람이다.

"이런 숙소는 못 잡았니?"

나도 그렇게 생각하고 있었다. 실패구나, 하고 똑똑히 자각하고 있었다. 홈페이지의 안개 낀 듯한 사진 따위를 믿는 게 아니었다. 숙소 찾는 데 드는 시간을 아끼면 안 되는 거였다. 그때, 조금 전에 도착했던 그 여관은 예약을 취소하고 당장 엄마가 가리키는 멋진 호텔로 옮길까 하는 생각도 했지만, 같은 내용이라도 내가 스스로 생각하는 것과 남한테서 듣는 것은 하늘과 땅 차이이다. 어디 가고 싶냐고 물어도 어디든 괜찮다고 하고, 또 숙소는 그냥 알아서 하라면서, 여태껏 그렇게 어린애처럼 무기력하고 무의지하다가, 어째서 불만스러울 때만 되면 기력과 의지를 되찾는 걸까. 나는 짜증이 나기 시작했다.

하지만 차들이 부웅부웅 지나가는 국도 갓길에서 싸워봤자 서글픔만 더할 뿐이다.

"저녁 식사는 맛있을 거야. 송이버섯 코스라잖아. 가서 온천욕이라도 하자."

나는 쾌활하게 말하고는 엄마를 데리고 국도를 벗어나 걷기 시작했다.

결론부터 말하면, 온천도 식사도 최악이었다. 온천탕은 넓기는 넓은데, 그게 다였다. 무슨 생각인지 한쪽 벽면에는 새빨간 타일이 발라져 있고, 수도꼭지 위에는 휘황찬란한 전등이 달려 있었다. 꼭 러브호텔의 욕실 같았다. 게다가 넓은 욕탕에는 머리카락이 떠 있었다. 식사는 송이버섯 코스라는데, 송이가 들어간 음식은 뚝배기 버섯찜과 버섯밥뿐이었다. 버섯찜 안의 송이는 아무 향도 없고, 새송이버섯과 조금도 다른 게 없었다. 버섯밥에는 아무리 봐도 송이버섯이라는 생각이 들지 않는

버섯 쪼가리가 섞여 있을 뿐이었다. 원래 송이를 싫어하지만, 이건 정말이지 너무….

실의의 늪에 빠져 있는 나에게, 이제는 완전히 기력과 의지를 되찾은 엄마가 다시 한 방을 날린다.

“이거 좀 봐, 암만 봐도 송이버섯 아니지? 그리고 이 튀김은 왜 이리 눅눅하니? 그건 그렇고, 좀 전에 온천탕 굉장했어, 그지? 청소 같은 건 하는지 몰라? 세면대도 녹이 슬고, 뭐랄까, 전체적으로 불결한 느낌이 들지 않니?”

나 역시 완벽하게 똑같은 생각을 하고 있었다. 하지만 (자꾸 말하는 것 같지만) 나 스스로 생각하는 것과 남한테서 듣는 것은 엄청나게 다르다. 나는 당장에라도 분노가 폭발할 것만 같았다. 그렇게 불만스러우면 직접 찾아서 예약하면 되잖아! 마에사와 소고기를 포기하고 송이버섯으로 양보까지 했는데, 바쁜 중에도 인터넷을 일일이 검색해서 찾았는데, 싸구려든 허름하든 어쨌든 내가 다 지불했는데, 고맙다는 말 한마디쯤 해주면 좋잖아!!!

우중충하고 칙칙한 식사였다. 음식을 거의 남긴 엄마와 나는 차를 홀짝이며 말없이 TV를 보면서, 한시라도 빨리 잘 시간이 되기를 기다렸다.

노랑머리의 날라리 여고생 같은 여종업원이 들어와 테이블을 치웠다. 엄마는 한 번 더 온천욕을 하러 갔다.

"어머님 생신이라면서요?" 여종업원이 웃으며 말했다.

"네?" 어떻게 알았지? 하고 깜짝 놀란 내가 물었다.

"좀 전에 손님이 안 계실 때 어머님께서 기뻐하면서 말씀하셨거든요. 해마다 생일이면 딸이 온천에 데려온다고요. 참 고맙다고 하셨어요. 효녀시네요."

나는 음식이 남아 있는 그릇을 멍하니 바라보았다. 즐거운 기분과 못마땅하다는 불만은 아무래도 엄마 안에서는 모순이 아닌 것 같다. 전자는 남에게는 말할 수 있어도 딸에게는 못 하고, 후자는 남에게는 못 하지만 딸에게는 말할 수 있다는 건가? 엄마라는 종류의 사람은 30년을 넘게 함께 지내면서도 알 수 없는 부분이 많다.

탕에서 돌아온 엄마는 여전히 욕탕이 더럽다며 불만을 터뜨렸지만, 나는 더 이상 화가 나지 않았다. 느긋하고 평온한 기분으로 그래, 그래, 정말이야, 하고 계속 맞장구를 쳤다.

하지만 내 여유로움은 그리 오래가지 않았다.

이튿날 아침, 허름한 여관을 부랴부랴 나온 우리는 닛코에 있는 에도시대 민속촌에 갔다. 다양한 영상물과 쇼가 시간대별로 상영되고 있었고, "보고 싶어?" 하고 물을 때마다 엄마는 "보고 싶어" 라고 대답해, 하나하나 안에 들어가서 보았다. 그런데 거기서도 역시 온갖 불만의 작렬. "뭐가 뭔지 잘 모르겠구나" 라는 둥 "별 재미는 없네" 라는 둥.

끝내는 귀신의 집까지 들어가고 싶다고 해서 같이 들어갔는데, 도중에 무서워졌는지 꼼짝을 않더니 "아유 싫어, 싫어" 하며 주저앉아버렸다.

"아유 싫어, 난 그냥 두고, 너 먼저 나가" 하고 쪼그리고 앉은 채 엄마가 말했다.

"무슨 말이야? 혼자서 나올 수도 없으면서."

"괜찮아. 하여튼 싫어. 먼저 가. 난 여기 있을 테니까."

완전히 어린애 같다. 질질 끌듯이 하면서 엄마를 귀신의 집에서 데리고 나왔다.

햇살 아래로 나와서 하는 첫마디, "아유, 왜 저런 델 들어가자고 했어? 이상한 곳이잖아."

뭐야, 엄마가 들어가자고 했잖아!! 나는 또다시 분통이 터져, 정말로 조금 전 그곳에 내버려두고 올 걸 하는 생각마저 들었다.

손금 보는 사람이 있었다. 고풍스러운 오두막 안에 기모노 차림을 한 여자가 따분하다는 듯이 앉아 있었다.

"우리 손금 볼까?"

좀 전의 불만은 깡그리 잊었다는 듯이 엄마는 종종걸음으로 점쟁이 집으로 들어갔다. 할 수 없이 나도 따라갔다.

점쟁이는 점을 봐줄 상대가 나라고 생각했는지 내 손을 보려고 했다.

"저예요, 저."

엄마는 갑자기 힘이 넘쳐 손바닥을 들이밀었다. 점쟁이는 엄마의 손을 보고 잠깐 이것저것 말하더니 내 쪽을 힐끔 쳐다보며 "따님도 좀 봐 드릴까요?" 했다. 엄마는 재미없다는 표정을 지으며 "너도 한번 봐" 하고 자신의 손을 뒤로 뺐다. 나는 할 수 없이 손을 내밀었는데, 엄마에 비해 내 손을 들여다보는 시간이 훨씬 길었다. 결혼은… 연애는… 일은… 하며 좀처럼 이야기가 끝나지 않았다.

“3년 뒤에 일 관계로 뭔가 큰 상을 받겠어요.”

점쟁이에게 이런 말을 들은 나는 싱글벙글하며 점집을 나왔는데, 옆에 있는 엄마는 뚱한 표정에 기분이 언짢았다.

“그 점쟁이 말야, 아줌마보다는 젊은 사람 손금을 더 보고 싶었나 봐” 하고 중얼거렸다.

“그야 연애나 결혼 같은 건 엄마 손금을 봤자 딱히 할 얘기가 없잖아.”

“그건 그렇지만, 손금 보는 시간이 너무 차이 났잖아. 정말 실망이야.”

그러고는 나를 흘겨보며 말했다.

“점쟁이가 그랬지? 결혼하려면 지금이라고. 너도 이제 적당히 하고 결혼해.”

갑자기 화제가 바뀌더니 잔소리 모드로 변했다. 귀신의 집에 다시 넣어버릴까, 하고 나는 진심으로 생각했다.

그 온천 호텔은 엄마와 다닌 여행 중에서, 아니 지금까지 다닌 모든 여행 중에서도 최악이었다. 그토록 서글픈 곳에 묵은 적도 없을 뿐만 아니라, 그토록 맛없는 음식을 먹은 적도 별로 없다. 내 마음속에 새겨진 영원한 실패의 낙인이다.

그 뒤로, 특히 엄마와 여행을 떠날 때는 엄마를 위해서라기보다는 내 정신 건강을 위해 온갖 정성을 들여 숙소를 찾았고, 비용이 좀 들어도 무리해서 좋은 곳으로 정했다. 부글부글 속을 끓이고 싶지는 않았으니까. 그것도 온천에서.

작년 엄마 생일에는 온천에 가지 못했다. 엄마가 병원에 입원해 있었기 때문이다. 그리고 생일이 지나고 딱 9일 후에 돌아가셨다. 엄마와 온천에 가서 묵고 올 일은 이제 영원히 없다. 이렇게 되고 생각해보니, 이상하게 가장 마음에 남는 여행이 그 서글픈 호텔이고, 송이버섯 없는 송이 코스 요리이고, 속을 부글부글 끓이며 걸었던 먼지투성이 국도다. 여태껏 생각지도 못했는데, 그때가 즐거웠다는 생각이 드니, 사람의 기억이란 참 희한하다.

나는 가끔 생각한다. 부모와 자식은 똑같은 거라고. 어릴 때, 우리 집은 아버지가 전혀 그런 걸 못 했기 때문에 여름방학 때마다 엄마가 가족여행 계획을 짰다. 신문 광고지 같은 것을 보고 여관을 찾아 우리를 데리고 여행을 떠났다. 아이들은 무기력과 무의지로 뭉쳐진 덩어리였다. 이 버스를 타는 거야, 하면 시키는 대로 버스를 탔고, 여기가 우리가 잘 여관이야, 하면 따라서 그곳으로 갔다. 부모가 길을 헤맬 때도 두리번두리번하며 쫓아만 갈 뿐이다. 낯선 장소에 도착해 조금 익숙해지면, 아이들은 온갖 하고 싶은 말을 시작한다. 이거 사줘, 저거 사줘, 부터 시작해, 이 반찬은 못 먹겠어, 맛이 없어, 힘들어, 졸려, 그러다 끝내는 집에 가고 싶어.

부모와 자식의 입장은 어느새 뒤바뀌어, 똑같은 일이 되풀이된다. 예전에 엄마가 그랬듯, 나는 바쁜 와중에 짬을 내어, 적당한 여행지를 찾아 숙소를 검색하고, 무기력하고 무의지한 상태의 부모에게 차표를 쥐여주고 자리로 안내하고 숙소로 인솔한다.

여행지에서 내가 내 멋대로 굴 때면 엄마도 분명 몇 번이나 속이 터졌을 것이다. (여기 놔두고 갈 거야! 하고 엄마에게 야단맞았던 일이 글을 쓰는 동안 떠올랐다.) 그러니까 부모를 모시고 여행을 가는 자식도 마음껏 폭발해도 되는 것이다. 역할의 교대이니까.

내가 나에게 행복이었다고 생각하는 것 중의 하나가 바로 그것이다. 역할을 교대할 수 있었던 것. 엄마가 내게 해주었던 것을 나도 엄마에게 해줄 수 있었고, 엄마가 내게 허용했던 것을 나도 엄마에게 허용할 수 있었던 것. 내 안에 실패의 낙인으로 찍힌 그 숙소, 일인당 9800엔짜리 일본식 서양식 절충형 호텔에 묵지 않았더라면, 나는 이런 생각을 할 수 없었을 것이다. 그러자, 최악이라고 해도 좋을 그 일박 여행이 내 기억 속에서 신비한 빛을 내기 시작했다.

## 어느 하루 (예를 들면 1995년 11월 9일) 5964엔

가계부를 쓰고 있다. 언제부터 쓰기 시작했지, 하고 찾아보니 1995년 6월 4일부터다.

왜 이때부터 가계부를 쓰기 시작했을까? 내 경제가 대단히 불안정했기 때문이다. 더 정확히 말하면, 그때 경제적으로 곤궁에 처했기 때문이 아니라, 앞으로 곤궁해질 것 같은 예감이 들었기 때문이다. 가계부를 쓰면 자신의 약점을 알게 된다. 어느 분야에서 지출이 많고 어느 분야에서 낭비가 있는지 대략 한눈에 알 수 있다. 앞으로 곤궁에 빠지지 않기 위해 나는 1995년 6월에 가계부를 사러 간 것이다.

그렇게 6월 4일부터 매일매일, 그날 쓴 돈의 액수, 먹은 음식, 만난 사람의 이름을 가계부에 쓰기 시작했다. 결과적으로는 가계부가 경제적 곤궁에 대한 불안을 없애주지는 못했다. 가계부를 꼬박꼬박 쓰면 확실히 어느 분야에 지출이 많은지, 뭘 낭비하고 있는지 잘 알게 된다. 여기서 '꼬박꼬박'이라는 말은 하루의 합계를 내고, 일주일의 합계를 내고, 한 달의 합계를 내고, 하루 평균 지출을 계산하고, 그것과 오늘 하루의 지출을 비교 검토한다는 뜻으로, 꽤 꼼꼼한 '꼬박꼬박'이다. 그러는 동안 자신의 경제적 약점을 아주 잘 알게 되는데, 그러다 보면 쪼잔한 거짓말도 하게 된다.

예를 들면 이런 거다. 1995년 당시, 나는 월요일에는 월간 만화《스피리츠》를 사고, 목요일에는《모닝》을 사고, 250엔짜리 담배(말보로 라이트)를 하루에 한 갑씩 피웠다. 꼬박꼬박 가계부를 쓰면 이 항목들을 매번 빼놓지 않고 적어야 한다. 그러면 담뱃값으로 한 달에 얼마가 나가고, 한 번 읽고 버리는 만화 잡지에 얼마를 쓰는지 낱낱이 알아버린다. "흐억!" 하고 입이 쩍 벌어질 정도로 알아버린다.

그리고 점점 그게 싫어진다. 너 아무래도 담배랑 만화에 너무 의존하는 거 같은데, 하고 가계부가 말을 걸어오는 것 같다. 그래서 일단, 하루 담뱃값을 빼먹고 쓴다. 그다음에는 만화잡지값을 빼버린다. 매달 월정액으로 나가는 돈도 안 적고, 게임에서 잃은 돈도 적지 않는다. 이런 식으로 누구에게 보이기 위한 건지 알 수 없는 허세를 부리기 시작하고, 약점을 감추게 되면서, 약점을 극복하려는 의지도 잃어버린다.

그런 식이다 보니 가계부를 쓰기 시작하고 3년 후, 경제적 곤궁에 대한 불안은 현실로 다가왔고, 결국 글쓰기 일 말고 다른 일도 해야 하는 상황이 되고 말았다. 다행히 석 달 만에 곤궁에서 벗어날 수 있어서 아르바이트는 그만뒀지만, 그건 가계부 덕분이 아니라 순전히 우연의 결과였다.

지금은 예전처럼 아직 닥치지도 않은 미래를 걱정하지는 않으려고 한다. 3년 뒤에 또 곤궁에 빠질지도 모르지만, 그때는 그때다. 그러니까 지금도 가계부를 계속 쓰고 있는 건 곤궁 대책을 위해서가 아니라 그냥 버릇이다. 가계부를 안 쓰면 기분이 찜찜하다. 별 도움도 안 된다는 걸 알지만 그래도 쓴다.

얼마 전에 보니 가계부가 열 권이 되었다. 맨 처음에 쓴 걸 꺼내 펼쳐보았다. 첫 번째 것은 거짓말이 하나도 없어서, 주스 한 병 110엔까지 빠짐없이 적혀 있을 뿐만 아니라, 하루 합계, 일주일 합계, 한 달 지출, 하루 평균 지출 등이 꼼꼼히 쓰여 있다.

예를 들어 11월 9일의 지출을 보면 이렇다. 불고기 3000엔, 맥주 740엔, 생협 장보기 793엔, 음료수 197엔, 모닝 잡지 250엔, 티슈 564엔, 담배 250엔, 합계 5964엔.

그런데 하루 지출이 4000엔을 넘으면 가계부에 꼭 "낭비 조심!"이라고 갈겨쓴 문구가 있다. 이날은 거의 6000엔 가까이 썼으니 어마어마한 지출인 셈이다. 아마 하루 2000엔 정도면 그나마 다행이라고 느낀 모양이다. 그 무렵 경제적으로 어려운 건 아니었다고 조금 전에 말했지만, 사실은 어려웠나 보다.

그렇지만 2000엔 이하로 돈을 쓴 날은 1년 중에 손으로 꼽을 만큼 적다. 대체 어디에 돈이 들어간 걸까? 한눈에 봐도 알 수 있는데, 바로 식비다. 더 자세히 말하면 술값이다.

가계부를 보면 일주일에 사나흘은 꼭 누군가와 술을 마셨다. 한 번 만나서 쓰는 술값은 적어도 3000엔. 2차, 3차까지 가는 날에는 만 엔까지 나간다. "낭비 조심!"

이라고 몇 번이나 써넣으면서도 결코 술자리를 줄이려고 하지는 않았다. 아니, 술자리를 줄이면 하루 치 지출을 아낄 수 있다는 것조차 몰랐다.

그때는 친구들이 집 근처 여기저기에 살고 있어서, 마시자, 하고 연락하면 한 시간 뒤에는 다들 술집에 모일 수 있었다. 전철을 갈아타고 멀리 있는 친구 집에 오라고 해도 조금도 귀찮아하지 않았다. 가계부를 보고 있으면, 그 안에는 거리 감각이라는 게 전혀 없는 것 같아 깜짝 놀란다. 집 근처 술집에서 마시든, 지바의 스시집에서 마시든, 신주쿠의 주점에서 마시든, 고토구의 친구 집에서 마시든, 가계부만 보면 전부 동일한 거리 같다. 술 마시는 것에 너무 중점을 둬서 그런지 이동 따위는 아무 고생도 아니었나 보다.

반대로, 그 무렵 내가 절약했던 건 뭘까, 하고 보니 액세서리나 가방 같은 장식품 종류다. 옷은 돈이 있든 없든, 내가 좋아하고 또 없으면 안 되니까 샀지만, 가방이나 신발, 액세서리, 화장품은 '아예'라고 할 수 있을 정도로 사지 않았다. 뭐, 집 근처에서 술 마시는데 꾸미고 뭐고 할 필요는 없으니까. 그런 것들만 안 사면, '낭비 조심!' 문구가 속출해도 어찌어찌 살아갈 수는 있는 모양이다.

생활비 면에서 내 이십 대 시절을 한마디로 정리한다면, '아무리 곤궁의 조짐이 보여도 술값만큼은 쪼잔하게 굴지 않았다'이다. 그다지 자랑할 만한 건 아니지만 어쨌든 그랬다.

그리고 삼십 대도 후반으로 접어든 지금, 이십 대 때 쓴 돈이 나의 어느 한 부분을 이루고 있는 게 아닌가 하는 생각이 든다.

십 대 때 쓴 돈은 대부분의 경우 자기 것이 아니다. 부모에게 받은 돈을 이리저리 아껴가며 쓴다. 이십 대 때의 돈은, 물론 예외도 있겠지만, 대체로 스스로 마련한 자기 돈이다. 남든 모자라든, 다른 누구의 것도 아니고 오로지 자신의 것이다. 그 돈을 어떻게 썼는지는 나중에 그 사람의 기초가 된다. 물론 기초의 전부는 아니고 일부이긴 하지만.

지금 내가 이룬 토대에는, 이십 대 때 누군가와 함께 술을 마신 시간이 틀림없이 들어 있다. 누군가를 만나 술을 마시고, 연애나 일, 행복, 미래 같은, 그런 결론도 나지 않을 주제로 남의 이야기를 듣고 내 생각을 말하면서 밤을 새우고, 그러다가 동이 튼 하늘을 보며 집으로 돌아간다. 쓸데없는 것이든 아니든 상관없이, 그런 것들이 내 안 깊숙한 곳에 자리 잡고 있다.

이십 대 내내 나와는 정반대로 장식품에 돈을 쓴 사람이 있다고 하자. 그 사람은 확실히 나보다 더 센스 있게 장식품을 고를 것이다. 이십 대의 돈이 그 사람의 토대를 이룬다는 건 그런 말이다. 영화를 줄기차게 본 사람은 남보다 확실히 영화를 잘 알 것이고, 온갖 맛있는 음식을 먹은 사람은 미각에 확실히 자신 있을 것이다. 자신이 번 돈을 자신이 썼으니 그 대상물이 몸에 스며들지 않았을 리가 없다. 돈이란 그런 거라고 나는 생각한다.

액세서리나 영화, 미식에 비하면, 싸구려 술집에서 술을 마시는 건 그야말로 무위한 것이다. 센스가 좋아지는 것도 아니고, 미각이 풍부해지는 것도 아니다. 하지만 그 무위한 시간이 지금의 나를 구해주기도 한다. 나는 그것을 때때로 실감한다.

삼십 대가 되고 나서, 마음이 좀 편해졌구나, 하고 종종 생각한다. 마흔이 다가올수록 점점 더 마음이 편해진다. 아무려면 어때, 하는 것들이 점점 늘어나는 것이다. 이 '아무려면 어때'라는 기분이야말로 이십 대 시절의 그 무위한 것들이 만들어낸 기분이 아닐까 하고 나는 생각한다.

이십 대 때는 여러 가지 것들이 '아무려면 어때'로 그냥 넘어가지 않았고, 열심히 나 자신만의 관점을 찾으려고 했던 것 같다. 사랑, 일, 행복, 미래에 대해 전부 다 생각해보고 내 나름의 답을 내놓지 않으면 성에 차지 않았다. 친구들과 술을 마시던 그 어마어마한 시간은 그런 생각의 교환 모임이 아니었을까. '난 이렇게 생각해', '그건 아닌 거 같아', '예를 들면 이런 거야' 하고 술의 힘을 빌려 정말 열띠게 이야기를 주고받았던 것 같다. 그런다고 정답이 나올 리 없다는 걸 잘 알면서도 그랬다.

나는 이제는 그런 것들을 생각하지 않는다. 소설과 관계있는 것이라면 생각하겠지만, 사생활 면에서는 바보 같다 싶을 만큼 생각하지 않는다. 이십 대 때 내가 생각했던 것과 지금 내가 생각하는 것은 미묘하게 달라졌지만, 그 변화는 꽤 두리뭉실할 뿐 아니라, 그 두리뭉실한 것을 말로 붙잡아 정리하는 것—나는 더 이상 그런 것은 하지 않는다. 두리뭉실한 건 두리뭉실한 그대로 놔둔다.

하지만 생각을 하지 않는 대신에 그만큼 훨씬 바빠졌다. 최근 이삼 년 동안은 도대체 어떻게 하루하루를 보내는지조차도 모를 정도로 바쁘다. 일주일에 사나흘 술을 마시는 건 여전하지만, 그 대부분은 일 관계로 만나는 사람들과 일 이야기를 하면서 마시는 것이고, 그래서 고주망태가 되는 일도 없이 늘 말짱한 정신으로 막차가 끊기기 전에 집에 돌아온다. 친구를 만나는 건 부쩍 줄었다. 뭐랄까, 하루하루의 윤곽만 본다면, 여유로움도 편안함도 없이 그냥 일만 하는, 푸석푸석한 일 중독 인간의 나날이다. 그래도 그럭저럭 즐겁게 지낼 수 있는 건 역시, 이십 대의 내가 지금의 나를 대신해 실컷 술을 마셔주었기 때문이라고 생각한다.

옛날 가계부를 다시 꺼내 보면서, 이 인간은 이렇게 곤궁의 조짐을 느끼면서도 매일같이 술을 퍼마시다니 한심하기는… 하고 생각하면서도, 아아, 그때는 술값은 안 아꼈네, 돈이 없어도 술은 마셨구나, 그래도 좋았어, 하고 마음이 놓이는 것도 사실이다.

삼십 대 때 쓴 돈 역시 분명 앞으로 어떤 식으로든 내게 의미를 갖게 될 것이다. 아직은 그것을 느끼지 못하지만, 마흔도 중반을 훌쩍 넘긴 어느 날 문득 알아차리겠지. 내가 가장 두려워하는 건, 그때 아무 데도 돈을 쓰지 않아 통장에 잔고만 이상하게 쌓여 있는 것이다. 언젠가 그런 사람을 한 번 본 적이 있다. 삼십 대 후반이었던 그 사람은 마치 자기소개라도 하듯, 난 저축이 얼마 얼마 있어, 하고 아무렇지도 않게 (라기보다는 자랑스러워하며) 말했다. 영화도 안 보고, 술도 안 마시고, 외식도 안 하고, 여행도 안 가고, 그렇게 모은 돈이라는 걸 금방 알 수 있었다. 그 사람의 내면에는 아무것도 없었던 것이다. 그런 식으로 오로지 돈만 모은다면, 그만큼은 남는 게 아니라, 그것밖에 남는 게 없다. 숫자는 쌓일지라도 내면에 쌓이는 건 아무것도 없다.

진정으로 풍요롭다는 건 통장에 돈이 얼마 얼마 있다는 게 결코 아니라는 걸, 그 사람을 보며 알았다. 그렇게 내면이 가난한 채로 나이를 먹어가는 것이 나는 정말 두렵다.

## 소파 테이블 30만 엔 남짓

내가 번 돈을 내 재량으로 쓴다, 이것을 내가 제대로 실천한 건 서른 살 이후부터다. 그러니까 아직 10년 남짓 경력밖에 안 된다. 원래부터 돈(이라기보다는 숫자)에 약하긴 하지만, 훈련이 덜 된 부분도 있을 것이다. 게다가 이십 대 때는 늘 배낭여행을 다닌 탓에 돈 감각에 불균형이 생긴 것 같다. 교통비는 절약하면서 맥주 같은 기호품에는 절대 돈을 아까워하지 않는다. 100엔을 바가지 쓴 건 눈물 날 만큼 분하게 여기면서 슈퍼에서는 말도 안 되는 양의 조미료를 산다. 돈 없는 여행을 하다 보면 지갑을 열어야 할 때와 닫아야 할 때가 기묘하게

뒤섞이게 마련인데, 그것이 일상생활에까지 영향을 미친 것 같다.

이 가계부 에세이를 쓰기 시작했을 때 나는 삼십 대 중반을 지났고, '이십 대에 쓴 돈이 삼십 대의 토대가 된다'라는 생각을 곰곰이 했다. 따라서 삼십 대에 어떻게 돈을 썼는지가 마찬가지로 사십 대의 토대가 될 거라고 생각했지만, 지금 현재 사십 대로 접어든 나에게 삼십 대의 돈이 어떤 관련이 있는지는 아직 잘 모르겠다. 아마도 몇 년이 더 지난 후에야 실감할 수 있을 것이다.

다만, 돈에 대해 삼십 대 때 알지 못한 게 하나 있는데, 돈과 마음의 관계는 때로는 몸과 마음의 관계와 같다는 것이다.

상처받거나 지치거나 힘든 마음 상태가 계속되면 바로 몸에 나타난다. 살이 빠지거나 찐다. 열이 나기도 하고, 얼굴에 뾰루지가 생기기도 하고, 휘청거리거나 쓰러지기도 한다. 또 그 반대일 때도 있다. 몸 상태가 좋지 않으면 왠지 모르게 마음도 약해진다. 몸과 마음은 그야말로 깊은 관계다.

그런데 돈과 마음도 그런 관계가 아닐까? 몸이 피곤할 때, 힘들 때, 스트레스가 쌓였을 때 우리는 만성적인 쇼핑 의존증이 아니더라도, 스스로도 이해하기 힘든 돈 쓰기를 할 때가 있다. 자각할 수 있으면 좋을 테지만, 대개 그런 경우 그때는 자각을 못 하고 나중에서야, 그때 내가 왜 그랬지, 내가 생각했던 것보다 훨씬 더 힘들었었나 봐, 하고 알아차린다.

일도 생활도 너무 엉망이어서 어디론가 실종이라도 되었으면 좋겠다고 막연히 생각하던 때가 있었다. 5년 전쯤의 일이다. 하지만 한창 그 와중에는, 눈이 핑핑 돌 정도로 일만 하다 보니, 내가 그 정도로 힘들어한 줄은 생각도 못 했다. 한밤중 인적이 끊긴 플랫폼에 서서, 이대로 전차를 타고 어디 낯선 곳으로 떠나고 싶다, 그리고 거기서 또 더 낯선 곳으로 떠나고 싶다고 생각했지만, 정말로 그렇게 하지는 않으리라는 것도 잘 알고 있었다.

그때 불쑥 가구점에 들어갔다. 딱히 볼일 같은 건 없었지만, 그냥 눈에 띄길래 들어갔다. 아름다운 테이블과 의자, 소품을 넋이 나간 듯 바라보는데, 깔끔하게 진열된 그것들이 지금의 나와는 너무나 동떨어진 곳에 있는 것처럼 느껴졌다. 그리고 정말 무슨 생각이었는지 모르겠지만, 어느 북유럽 작가의 소파 테이블을 카드로 구입

했다. 30만 엔 남짓.

소파 테이블이 필요했던 건 아니다. 갖고 싶었던 것도 아니다. 작가도 모르는 사람이었다. 30만 엔짜리를 충동구매하다니, 그때까지 한 번도 없었던 일이다. 하지만 그때 나는 아무 생각도 하지 않았다. 소파 테이블이 정말 필요할까, 이걸 방 안 어디에다 놓을까, 30만 엔이 나한테 얼마만큼 비싼 금액일까, 이 가격이 물건과 균형이 맞는 걸까, 정말 꼭 사고 싶은 건지 일주일은 생각해보자 등등 그 어떤 의문이나 제안도 없었다. 그저 정신을 차리고 보니 배송 절차가 진행되고 있었다.

그때의 나, 위태위태했구나. 그런 생각을 곰곰이 한 건 그로부터 1년이 지난 후였다. 그때 나를 궁지로 몰았던 일은 그럭저럭 정리가 되어 평온한 일상으로 돌아왔고, 칙칙한 플랫폼에서 실종을 꿈꾸는 일은 없어졌다.

소파 테이블을 사고 1년이 지난 어느 날, 집에 친구를 불러 술을 마셨는데, 이튿날 테이블 위에 와인 잔과 술병이 남겨놓은 붉은 동그라미 얼룩을 잔뜩 발견했다. 수건으로 닦아도 지워지지 않아 '뭐 어쩔 수 없지' 하고 생각하는데, 문득 이 테이블의 가격과, 이걸 충동구매 했을 때 느꼈던, 구멍이 뻥 뚫린 것만 같았던 내 기분이 떠올랐다. 그때의 기분이 떠올라 잠깐 오싹했다.

만약 그때 내가 평온한 상태였고, 또 이 테이블이 나한테 좀 비싸긴 해도 정말 갖고 싶은 것이어서 몇 번을 망설인 끝에 그 가격을 받아들이고 산 물건이었다면, 지금 나는 닦아도 지워지지 않는 와인 얼룩 때문에 얼마나 속이 상할까. 30만 엔이 넘는 소파 테이블은, 내 금전 감각으로 보면, 온갖 정성을 다해 취급해야 할 고급품이다. 하지만 나는 술자리의 즐거운 여운 속에서 와인 얼룩 따위는 아무렇지도 않았다. 그 가격을 지불했을 때의 감각이 지금 내 안에 없기 때문이다. 내가 열심히 고르고 골라서 돈을 지불한 기억이 전혀 없기 때문이다. 이 기묘한 사실을 그 당시에는 알아차리지 못했다.

내 능력에 맞지 않는 돈을 충동적으로 쓰는 것으로 마음의 균형을 유지하려고 했었구나, 라는 생각이 들었다. 정말 신기하게도 돈에는 그런 효력이 있다. 무계획적으로 쓰면 쓸수록, 속이 후련해지는 것 같고 뭔가로부터 해방된 것 같은 기분이 든다. 하지만 그건 속임수라고 생각한다. 돈을 쓰는 그 순간에는 마음의 균형을 되찾은 것 같은 기분이 들지만, 사실은 그렇지 않다. 해방되는 것도 아닐뿐더러, 돈의 효력을 (머리가 아니라) 감각으로 알아버리면 끝이 없게 된다. '아아, 이제 살 것 같아'라는 한순간의 착각을 원해 더, 더 쓰고 싶어지기만 할 뿐이다.

나처럼 돈이나 숫자에 어두운 사람은, 자신이 지금 불필요한 돈을 쓰고 있다는 사실을 좀처럼 깨닫지 못한다는 말이다. 다시 말해, 나 자신이 지금 뭔가 힘들어하고 있다는 걸 알아차리지 못한다는 것이다. 소파 테이블이 기묘한 구매였다는 걸 깨달은 뒤로 나는 되도록 내 쇼핑 방식에 조심하고 있다. 충동구매나 불필요한 쇼핑이 많을 때는 내가 뭔가 힘들어하고 있다는 증거다. 그럴 때 그 힘든 것이 무엇인지 나 자신에게 묻게 되었다. 돈을 아끼려는 생각보다는, 돈이 마음의 균형을 되찾아준다는 걸 믿지 않기 때문이다.

돈이 무엇을 해주고, 무엇을 해주지 않는지, 이십 대 때보다는 훨씬 더 많은 걸 배웠고, 그래서 조금은 마음이 놓인다. 슈퍼마켓의 돼지고기는 100그램에 110엔이지만, 그래도 100그램에 150엔 하는 정육점 고기가 더 맛있으니까 정육점에서 사야지, 그리고 티슈는 저 약국이 50엔 더 싸니까 저기서 사야지, 등등 오늘도 상가를 꼼꼼히 계산하고 돌아다니며 그런 생각을 한다.

# 작가 후기

집안의 경제 상황을 말해주지 않는 부모 밑에서 자랐다. 무슨 이유인지 모르지만 내 부모님은 어떤 상황이 닥쳐도 "돈 없어"라는 말을 입 밖에 내지 않았다. 물론 "돈 있어"라는 말도 하지 않았지만.

가끔 동네에서 이거 사줘, 저거 사줘, 하고 떼를 쓰는 아이를 볼 때가 있다. 아주 흔한 광경이지만, "안 돼, 돈 없어" 하고 딱 잘라 말하는 엄마를 보면 나는 이상한 생각이 든다. '돈 없어.' 이렇게 효과적인 카드를 어째서 부모님은 나에게 내밀지 않았을까? 돈이 없다고 하면 아이에게는 더 이상 반론의 여지가 없다. 그 말이 진짜든 아니든 단념할 수밖에 없는 것이다.

돈 없어, 라는 말을 들은 적이 없는 아이는, 돈이란 건 늘 있는 것으로 여기며 자란다. 돈이란 수도꼭지 같은 것이라고 이해한다. 수돗물이 끊기거나 쫄쫄 나올 때도 있지만, 자신의 이해 범위를 넘어선 어떤 '지하 수맥'이 수도꼭지와 연결되어 있기 때문에, 언제 어느 때라도 물은 계속 흘러나온다고 생각한다.

스무 살이 넘어 나는 처음으로 엄마의 입에서 돈이 없다는 말을 들었다. 아버지는 내가 고등학교 때 돌아가셨고, 스무 살이 넘은 그때 엄마마저 병원에 입원하게 되었다. 한창 이것저것 준비를 하고 있는데, "입원하면 돈이 많이 들 텐데. 돈이 없는데…" 하고 엄마가 중얼거렸다. 그때, "그럼 은행에 가면 되잖아" 하고 내가 말했다고 한다. '말했다고 한다' 라고 말한 이유는 나는 그 일을 깡그리 잊어버렸기 때문이다.

돈이 없으면 은행에 가면 되잖아? 이거야말로 지하 수맥 같은 발언이다. 우리 집엔 돈이 없지만 은행에 가면 많잖아, 은행 돈이 우리 돈이기도 하잖아. 이런 멍청한 발언이, 스무 살이 넘은 성인 여자의 입에서 나왔다니, 참으로 무섭다.

내가 스물두 살에 혼자 살기 시작했을 때, 엄마는 가족카드라는 신용카드를 만들어주었다.

"혹시 밥도 못 먹을 정도로 돈이 궁하면 이 카드 써."

그 카드를 받은 나는 한 달 만에 40만 엔이 넘는 돈을 썼다. '돈이 궁하다'라는 것의 감각이 없었던 나는 '이 그릇 갖고 싶어. 근데 이거 사면 밥을 못 먹을 텐데. 그럼 카드 쓰면 되겠구나' 라는 식의 사고방식으로, 옷이며 액세서리, 가구, CD, 책 등등 갖고 싶은 건 갖고 싶을 때마다 다 샀다. 이 또한 지하 수맥 같은 행동이다. 참고로 말하면, 40만 엔이 넘는 돈을 갚고 난 후, 엄마는 카드를 빼앗아 내다 버렸다.

"그때는 왜 이렇게 돈에 대해 철없는 딸로 컸을까 하고 생각했단다."

엄마는 그때의 내 멍청한 발언과 행동을 떠올리며 가끔 탄식하곤 했다. 왜라니, 돈이 없다는 말을 한 번도 들은 적이 없으니까 그랬지, 하고 나는 생각했다.

카드를 뺏긴 나는 그 뒤로는 '자기 경제 관리제'를 도입해 살고 있다. 즉, 내가 벌어 내가 쓴다는 말이다. 하지만 지금도 여전히 '돈이란 건 절대 없어지지 않아' 하고 마음속 어딘가에서 믿고 있다. 은행 잔고에 1000엔도 없을 때도, 앞으로 몇 주 동안이나 돈 들어올 예정이 없을 때도 말이다. 확실히 나는 아직도 돈에 대해 뭔가 배우지 못한 상태로, 뭔가 착각한 채로 살고 있다.

좋든 싫든 우리는 평생 돈과 사귀지 않으면 안 된다. 그런 사실을 새삼 깨닫고 나는 잠깐 멍해졌다. 죽도록 사랑했던 사람과도 헤어지는 일이 있지만, 별로 좋아하지 않는 돈과는 끝까지 사귀어야 한다.

지난 1년 동안, 여러 가지 물건을 사기도 하고, 사는 걸 포기하기도 했다. 용돈 씀씀이를 기록한다는 생각으로 쓰기 시작한 에세이지만, 가계부와 마찬가지로 돈에 대해 가르쳐주는 건 아무것도 없었다. 씀씀이가 헤픈지 아닌지, 올바른 곳에 쓰고 있는지 아닌지, 1년이 지났지만 여전히 모르겠다. 다만 한 가지, 알게 된 것이 있다. 우리가 돈을 쓸 때는 물건과 함께 다른 무언가도 분명 손에 넣는다는 것이다. 중요한 건 물건이 아니라 그 다른 무언가일지도 모른다는 생각이 든다.

이 에세이는 여기서 끝나지만, 아마 나는 앞으로도 쭉 가계부를 쓸 것 같다. 그리고 삼십 대에 쓴 돈이 사십 대의 나에게 무엇을 해줄지, 10년 뒤 언젠가 또다시 돌아보고 싶다.

별 볼 일 없는 내 가계부를 들여다보고 싶다고 한 뒤로 1년 동안 쭉 함께해준 편집부의 시노다 리카 씨, 너무 고마웠어요. 또 이 글을 읽어주신 독자 여러분들, 정말 감사합니다.

남들과는 별로 얘기하지 않는 돈에 관한 것들, 앞으로 저한테도 좀 가르쳐주세요.

옮긴이 박성민

도쿄외국어대학교 대학원에서 일본어학을 전공하고 통번역사로 일했다. 알려지지 않은 좋은 글을 찾아 소개하려고 한다. 번역서로는《심호흡의 필요》,《다자이 오사무 - 내 마음의 문장들》,《나쓰메 소세키 - 인생의 이야기》,《꽃을 묻다》,《어떻게 사랑한다고 말해》,《고양이와 쇼조와 두 여자》,《해부학 교실에 오신 걸 환영합니다》,《먹는 인간》 등이 있다.

행복의 가격

2024년 6월 15일 1판 3쇄 찍음

지은이 가쿠타 미쓰요
편집 송승현
펴낸곳 시와서 출판
발행인 송승현

출판등록 2016. 12. 6.
주소 경기도 양평군 양평읍 옥천길 43, 1층
이메일 siwaseo@gmail.com
블로그 blog.naver.com/siwaseo
인스타그램 www.instagram.com/siwaseo

ISBN 979-11-959922-8-7

이 도서의 국립중앙도서관 출판예정도서목록(CIP)은 서지정보유통지원시스템 홈페이지(http://seoji.nl.go.kr)와 국가자료종합목록 구축시스템(http://kolis-net.nl.go.kr)에서 이용하실 수 있습니다. (CIP제어번호 : CIP2020031381)